AF285394

Heinrich Huch

Neues von Bella!

Und noch andere Geschichten

Bibliografische Information der
Deutschen Nationalbibliothek:

Die Deutsche Nationalbibliothek verzeichnet diese
Publikation in der Deutschen Nationalbibliografie,
detaillierte bibliografische Daten sind im Internet
über http://dnb.dnb.de abrufbar.

1. Auflage 2018

© 2018 Heinrich Huch

Herstellung und Verlag:

BoD – Books on Demand, Norderstedt

ISBN 978-3-752-80481-2

Inhalt

Vorwort

Dies ist nun schon der zweite Band mit Geschichten, die kein Ende finden wollen.

Er bringt die Fortsetzung der aus dem ersten Buch bekannten Story um Bella und ihre promiskuitive Clique. Die Kenntnis der Kapitel 1 bis 10 ist nicht zwingend erforderlich, wird vom Autor aber aus durchsichtigen, egoistischen und ethisch fragwürdigen Motiven empfohlen. Dazu gibt es natürlich wieder weitere Goodies.

Wie zum Beispiel Neues aus dem beschaulichen Rungholt. Die vier Kapitel in diesem Buch sind, darauf sei hingewiesen, auch im parallel erscheinenden Rungholt-Sammelband enthalten.

Die Stories „Der Weihnachtsmarkt" und „Blockwart Bruno" wurden bereits auf Twitter veröffentlicht und weitestgehend in ihrer ursprünglichen Form belassen.

Besondere Anerkennung verdient auch dieses Mal die überaus begabte @GywerMelanie, der wir die absolut coole Covergrafik mit den flotten Käfern verdanken.

Dass die Anzahl der Tipp-, Komma- und sonstigen Fehler im erträglichen Bereich liegt, ist Verdienst von Anna, die unermüdlich erst Korrektur und dann mir die Leviten las.

Vielen Dank an diese beiden und an alle, die mich durch Ihre positiven Rückmeldungen und Rezensionen zu Band 1 zum Weiterdichten ermutigt haben.

Euer Heinrich. Der Neunte. (Twitter-Handle: @drhuch)

Bella! (2018)

Was bisher geschah

Eigentlich gar nicht viel.

Ich wurde im Café Zeuge eines Gesprächs unter Freundinnen, fand an der Waschstraße Bella, ziemlich sicher die Frau meines Lebens, und zog mit ihr in ein Wohnmobil, weil mein Auto ihretwegen einbetoniert worden war. Lange Geschichte.

Nebenbei adoptierte ich die vollbusige Prostituierte Lena, flüchtete vor kulinarisch fragwürdigen Bachsaiblingen und stürzte übel von einem angesägten Hochsitz. Eventuell schwängerte ich dann noch, ohne es zu wissen, eine lesbische Zumbatrainerin.

Außerdem diskutierte ich mit einer Unterweltgröße moderne Managementmethoden, während ich Quallen mit Stäbchen aß. Dann besuchte ich noch eine Nackedei-Grillparty, gründete einen Nebenerwerbs-Bierverlag, traf eine Nymphomanin im Outlet-Center, hielt eine Rede ohne Hose und wechselte schließlich ins Rotlichtbusiness.

Passiert Ihnen doch auch dauernd sowas, oder?

Bella, Lena und ich jedenfalls leiten nun das „Diana", ein Etablissement für die Freunde gediegener Erwachsenenunterhaltung. Lassen Sie sich hineinziehen in unseren ganz normalen Wahnsinn am Rande der Stadt zwischen Frivolität und Freiwilliger Feuerwehr.

Kapitel 11 – Busi-Ness

Bella knallt genervt den Hörer auf die Gabel. Schon wieder so ein aufdringlicher Kerl vom Telefonmarketing.

Wie wir denn mit unserem derzeitigen Schutzgeldeintreiber zufrieden wären, und ob wir nicht eventuell einen Anbieterwechsel in Betracht zögen. Man könne da im Moment ganz hervorragende Konditionen…

Sie hatte ihm dann unmissverständlich klargemacht, dass die einzigen zwielichtigen Typen, die bei uns ungestraft Zwangsgelder dafür kassieren dürfen, dass sie nichts für und nichts gegen uns tun, die Jungs von der Industrie- und Handelskammer sind.

Natürlich ist unser Betrieb, als fleißiger, wenn auch horizontaler, Gewerbesteuerzahler, Mitglied der örtlichen IHK. Der Kammerbeitrag bemisst sich schließlich am Unternehmensgewinn und unsere Bumsbude ist eine Goldgrube. Sowas lassen die sich nicht durch die Lappen gehen.

Mit der IHK verhält es sich ja ein wenig wie mit den zu unterschiedlichen jahreszeitlichen Anlässen unter Absingen traditionellen Liedgutes durch unschuldige deutsche Gemeinden ziehenden Kinderscharen. Durch rasche Zahlung des geforderten Obolus hat man sie schnell wieder vom Hof und für ein Jahr Ruhe.

Bella sitzt mir gegenüber an ihrem überquellenden Schreibtisch in unserem gemeinsamen Büro im kargen Verwaltungstrakt des „Diana". Das sind die beiden

Zimmerchen am Ende des schummerigen Ganges, noch hinter den Personaltoiletten. Das andere, deutlich größere, teilen sich Lena, Britney, Hannelore und Susi.

Susi? Sicher, denn Papierkram macht eben selbst vor einer Domina nicht halt. Und nicht immer ist ein (zahlungs)williger Sklave bereit, auf allen Vieren für sie als Schreibtisch zu dienen. Und dabei absolut stillzuhalten, während sie altmodisch auf Papier ihre Stundenzettel ausfüllt.

Sie verlässt also regelmäßig knurrend ihren heimeligen Folterkeller, um sich oben im Gemeinschaftsbüro der schnöden Bürokratie hinzugeben. Ich verrate kein Staatsgeheimnis, wenn ich Ihnen sage, dass ihr die für derlei Tätigkeiten nötige devote Grundeinstellung leider komplett abgeht.

Bella telefoniert schon wieder. Diesmal mit einem unserer langjährigen Stammlieferanten für betriebliche Verbrauchsmaterialen.

Wir bestellen bei ihm nach meinem Dafürhalten monatlich mehr Gleitmittel als ein Gynäkologe, der sich auf Ultraschalluntersuchungen an schwangeren Blauwalweibchen spezialisiert hat. Blauwalbabys wiegen übrigens so viel wie ein Mittelklassewagen. Na? Froh, keine Blauwalfrau zu sein?

Es geht, soweit ich es mitkriege, um eine deftige Preiserhöhung für die bei unserer verwöhnten Klientel besonders beliebten Sorten mit Erdbeer- und Vanillegeschmack. Waldmeister hingegen könne er derzeit sogar etwas günstiger anbieten.

Bella wickelt zeitgleich besagten Zulieferer und die geringelte Telefonschnur um ihren hübschen Finger, während ich mir Gedanken mache, ob so ein Waldmeister wohl Schlag bei Frauen hat. Holzfäller stehen doch schließlich auch hoch im Kurs.

Unsere Personalchefin Lena, Verzeihung, unser Director Human Resources, kommt herein, knallt mir einen kleinen Stapel Papier auf den vollgemüllten Schreibtisch, sagt nur „Chefsache", grinst vieldeutig und marschiert wieder hinaus.

Mit sich zufrieden legt unterdessen Bella die Beine auf den Schreibtisch und wackelt ein wenig mit ihren zugegebenermaßen wirklich ganz entzückenden Zehen. Ihre schwarzen Pumps stehen neben dem Schreibtisch. Wäre ich Fußfetischist, man müsste dann wohl langsam zu künstlicher Beatmung schreiten.

Man muss dazu wissen, dass sie sich am Morgen für einen kriminell kurzen Rock (und gegen einen BH, aber dazu später mehr) entschieden hatte. Die zu erwartende Hitze, na klar, was sonst. Beim Schließen des konsequenterweise ebenfalls nicht allzu langen Reißverschlusses hatte ich ihr hilfreich zur Seite gestanden.

Genaugenommen hatte ich eher hinter ihr gestanden und mich von den höchst erfreulichen Rundungen ihrer überaus wohlgeformten Pobacken ablenken lassen, dabei den fummeligen Zipper falsch eingefädelt und das stoffsparend designte modische Kleidungsstück beinahe ruiniert.

Jedenfalls habe ich jetzt deutlich mehr attraktives nacktes Bein vor meinen entzückten Augen, als meiner ohnehin maroden Konzentrationsfähigkeit eigentlich zuträglich wäre. Was Bella natürlich vollkommen klar ist. Sie sieht mich spöttisch an. Und ein wenig verliebt.

Unser Gleitmittel kriegen wir natürlich weiterhin zu den bisherigen Konditionen. Dazu zwei Kartons der Sorte Waldmeister zur Probe. Selbstverständlich umsonst.

Als Betreiber eines kleinen, aber erfolgreichen Unternehmens für Kopulationsdienstleistungen geht es einem nicht anders als jedem anderen Firmenchef. Dauernd nerven Bekannte, ob man nicht eventuell einen Praktikumsplatz für ihren nichtsnutzigen Nachwuchs hätte, eine Hand wüsche ja schließlich die andere und so.

Unnötig zu ergänzen, dass es sich in unserem Fall primär um die spätpubertäre männliche Nachkommenschaft handelt, die auf der Suche nach beruflicher Orientierung einen Einblick ins Geschlechts- Verzeihung Geschäftsleben gewinnen möchte.

Der mir gerade von Lena mit süffisantem Grinsen vorgelegte Fall ist hingegen etwas komplexer gelagert. Es handelt sich nicht nur um eine weibliche Kandidatin, sondern zu allem Überfluss auch noch um die frisch volljährig gewordene Tochter von Bellas Freundin Bine. Und von Gatte Armin.

Das Gesicht der blonden jungen Dame namens Anna kommt mir seltsam vertraut vor. Sicher, sie ähnelt ihrer Mutter, mit der Bella einmal wöchentlich beim Zumba schwitzt, aber das ist es nicht. Ich schiebe den unausgegorenen Gedanken erstmal beiseite, weil das Telefon klingelt. Unser Steuerberater. Der ist auch blond.

Ein paar Fachdiskussionen über den anstehenden Körperschaftsteuerbescheid und den mäßig pragmatischen Vorschlag, unseren Puff in eine Offshore-Oase zu verlegen, später legt er auf und ich komme zurück zu unserer neuen Bewerberin.

Normalerweise würde ich ihr jetzt höflich absagen, wie all ihren notgeilen männlichen Kollegen auch.

Mangelnde sittliche Reife, Diskretionsbedenken seitens unserer Kundschaft, gerade leider überhaupt keine Zeit wegen dringender Inventur der Noppenkondombestände, irgendwas mehr oder weniger Höfliches fällt mir eigentlich immer ein.

Nun zu den heiklen Aspekten dieser konkreten Bewerbung. Ich würde Annas Mutter Bine nicht direkt als Radikalfeministin bezeichnen, das aber eigentlich nur aus dem einen profanen Grund, dass ich ein wenig Angst vor ihr habe.

Ich erinnere mich nur zu gut an die Szene, von der Bella mir jüngst schmunzelnd berichtet hatte. Zugetragen hatte sich die Sache neulich auf dem gut frequentierten Parkplatz des örtlichen Supermarktes. Bella schob gerade ihren Einkaufswagen aus dem Laden heraus, als sie Bine aus ihrem Auto aussteigen sah.

Die hatte, wie üblich sportlich und unter konsequenter Nichtbeachtung der für sie als typischer Auswuchs männlichen Machbarkeitswahns geltenden weißen

Asphaltmarkierungen, ihren Wagen abgestellt. „Einge-parkt" wäre zu hoch gegriffen. Ich vermute, „wie hinge-schissen" ist der passende Fachausdruck dafür.

Zwei unbedarfte junge Männer, die verwaiste Einkaufs-wagen zusammenschoben, zeigten mit dem nackten Finger auf ihr angezogenes Auto. Und lachten. Worauf-hin Bine über die beiden nichtsahnenden Knaben ge-kommen war wie ein ausgehungerter Rentner über das inkludierte Frühstücksbüffet.

Was das für elendes Machogehabe wäre und dass sie frei wäre zu parken wie sie wolle und ob sie sich das bei ih-rer bestimmt im patriarchalischen System gefesselten Mutter auch trauen würden und ob sie gegebenenfalls an einer standrechtlichen Kastration Interesse hätten.

Sie illustrierte ihre kleine Rede mit unmissverständlichen Schnipp-Schnapp-Handbewegungen, die Bella mir beim Nacherzählen lustvoll vorgeführt hatte.

Verschreckt, aber schon mit ausreichend Lebenserhal-tungstrieb ausgestattet, traten die zwei den taktischen Rückzug an. Einer der beiden wollte noch einen Satz sa-gen, der unvorsichtigerweise durch stresshormonbe-dingte Wortwahl mit „Aber…" begann und bei Bine eine weitere Hasstirade auslöste.

Ein bisschen peinlich war es ihr dann doch gewesen, als sie etwas später die abgerissene Zapfpistole fand, die in ihrem Tankstutzen steckte. Deswegen also hatte es beim Wegfahren von der Tankstelle vorhin so komisch geklö-tert. Nun, wohl besser, sie tankte die nächsten Wochen woanders.

Den Bengeln jedenfalls hatte, so Bines unerschütterliche Überzeugung, die kleine Standpauke keineswegs geschadet. Sozusagen vorbeugend schon mal für all die chauvinistischen Missetaten, die sie als Schwanzträger im Laufe ihres testosterongesteuerten Lebens unweigerlich begehen würden.

Sie sehen, mit Annas Mutter ist nicht wirklich gut Kirschen essen, wenn sie die hart erkämpften Rechte einer Angehörigen des weiblichen Geschlechts in Gefahr sieht. Insbesondere wenn es sich bei der Betroffenen um sie selber handelt. Oder eben um eine Frucht ihres Leibes.

Mein Kaffee wird kalt und eine empörte, wenn auch winzige, Ordensschwester steht plötzlich oben ohne da. Sie können da keinen Kausalzusammenhang erkennen? Und was das Ganze mit Bine und Anna zu tun hat, ist auch nicht auf Anhieb ersichtlich?

Ich muss hier wohl, ganz gegen meine sonstige Gewohnheit, ein wenig ausholen. Bine, das wissen Sie ja, ist verheiratet mit Armin. Armin wiederum verdient seine Brötchen mit dem Verkauf von gegenständlichen Werbeträgern. Das ist all der Tinnef, auf den sich irgendwie ein Firmenlogo drucken lässt.

Ob plastiziöse Kugelschreiber, fusselnde Brillenputztücher, antimagnetische Notizzettelhalter, wasserabweisende Autoschwämme oder quietschende Nippelklemmen, Armin liefert prompt, was das werbewillige Kundenherz begehrt. Und füttert damit Frau, drei Kinder und einen gefräßigen Labrador durch. Läuft bei ihm.

Seine qualitativ fragwürdige Ware bezieht er von einem Lieferanten im fernen Hongkong, wo in einem düsteren Hinterhof entrechtete Wanderarbeiterinnen aus der chinesischen Provinz unter künstlichem Licht tagaus tagein „Fleischerei Brunnthaler, Oberpfaffenhofen" in unschuldige Kuli-Rohlinge lasern.

Gerüchtehalber nutzt er seine regelmäßigen Asienreisen auch dazu, mit der örtlichen Bevölkerung auf Tuchfühlung zu gehen. Auf jeden Fall lässt Bine ihn nach seiner Rückkehr immer erst nach Ablauf einer vierwöchigen Quarantäne und Vorlage eines Attests vom Facharzt für Haut- und Geschlechtskrankheiten wieder ins Ehebett.

Nun hatte er von uns eine Nachbestellung erhalten über 500 von diesen neckischen Kaffeebechern mit dem prägnanten Geweih-Firmenlogo. Sie wissen schon, diese Trinkgefäße, auf denen sich komplett bekleidete Damen nach dem Einfüllen eines Heißgetränks mit jedem Grad der Erwärmung mehr entblößen und am Ende dann alles herzeigen, was müde Männer munter macht.

Unsere Kunden sind ganz wild auf die Dinger, die es im Prinzip bereits seit den 70er Jahren gibt. Als kleines Zugeständnis an den launischen Zeitgeist verliert das aufgedruckte Nacktmodell heutzutage als letzten Entkleidungsschritt auch die ohnehin schon minimalistische Schambehaarung.

Wir wollen ja Spätgeborene nicht verstören, die schon mit dem erschütternden Anblick einer unepilierten Bikinizone nicht mehr umzugehen gelernt haben.

Und es gibt natürlich mittlerweile auch eine Variante mit unbekleideten Männern, der Hit bei unseren „Lady's Night"-Veranstaltungen. Denn die gut gebauten Jungs können immer, wenn man sie heiß macht. Ich gebe zu, die Sache mit der Erektion bei maximaler Erhitzung war meine Idee. Ich kenne schließlich meine Pappenheimerinnen.

Dasselbe Prinzip wie beim Kaffeebecher funktioniert auch mit Kälte. In dem Fall wird der Striptease, meist auf einem Longdrinkglas oder ähnlichem, durch Cola-Rum bzw. vergleichbare kopfschmerzträchtige Flüssigkeiten ausgelöst. Sie müssen halt nur entsprechend kühl temperiert sein.

Leider war in Hongkong unter bisher noch ungeklärten Umständen dann etwas verwechselt worden. Jedenfalls saß Armin nun auf einer Riesenladung Kaffeepötte mit nackten Frauen drauf, die sich bei Erhitzung züchtig bekleideten.

Das Techtelmechtel mit Xiá, der jüngeren Schwester seines chinesischen Geschäftspartners, hatte damit, das schwört Armin beim Leben seiner Großmutter, selbstverständlich nichts zu tun. Armins letzte Oma starb übrigens 1997.

Über meine wohlmeinende Anregung, die Becher statt uns doch der katholischen Kirche als Werbegeschenke aufzuschwatzen, konnte der Arme überhaupt nicht lachen. Junge Damen, die sich umso züchtiger kleiden, je heißer es wird, ließen sich doch perfekt für eine Kampagne gegen voreheliche Geschlechtsverkehr instrumentalisieren. Über die Tatsache, dass sie bei

Zimmertemperatur splitterfasernackt sind, müsste man halt großzügig hinwegsehen.

Armin hatte irgendetwas von Schaden haben und Spott für den man nicht sorgen müsse gemurmelt, mir dann aber doch gutmütig einen ganzen Karton dieser Becher geschenkt. Der Rest der Lieferung lagert jetzt in seinem Keller. Für Annas Polterabend vermutlich.

Ich hatte mir dann den Spaß gemacht, unserem katholischen Pfarrer ein Exemplar zu überreichen. Seine Aufgeschlossenheit jedem Schabernack gegenüber ist vermutlich das einzige, was den braven Gottesmann hier bei uns in der spät bis gar nicht christianisierten Diaspora aufrecht hält.

Ein paar Wochen später bat er mich dann schmunzelnd um eine neue Tasse und berichtete, wie er der seinen verlustig gegangen war.

Ausgerechnet auf einer moralinsauren Seelsorgertagung zum Thema „Unbefleckt in die Ehe-Keusch durch das Kirchenjahr" im oberbayerischen Zisterzienserkloster St. Falten hatte er mit der temperaturabhängig zwischen Züchtig- und Liederlichkeit hin- und hergerissenen Dame die Lacher auf seiner Seite gehabt.

Dummerweise landete dann allerdings besagter Pott, vermutlich unter einer gewissen Mittäterschaft des von den Mönchen gebrauten und überregional bekannten Starkbieres „Falten-Bock", auf dem barocken Schreibtisch des zuständigen Bischofs.

Der fand die kleine Nonne darauf überaus putzig und deklarierte kraft seines Amtes das gesegnete Gefäß zum neuen persönlichen Lieblingsbecher.

Sein entsetzter Adlatus war seitdem in steter Sorge, dass der Kaffee von Hochwürden jemals erkalten könnte. Bei nächster Gelegenheit würde ihm diese gottverfluchte Heimsuchung in Gestalt eines Trinkgefäßes auf die steinernen Fliesen des altehrwürdigen Bischofssitzes fallen. Wie ungeschickt von ihm, man möge Nachsicht üben.

Es hilft alles nichts. Ich nehme seufzend den Hörer in die Hand und wähle Bines Nummer. Bella schaut mir interessiert zu und langt dann einmal quer über beide Schreibtische um den Lautsprecherknopf auf meinem Telefon zu drücken.

Ich schaue versonnen ein paar Sekunden lang in ihren günstig positionierten Ausschnitt. Wieso ließ man in diesem gottlosen Laden eigentlich Frauen ohne BH arbeiten? Möglicherweise weil es ein Puff ist, meinen Sie? Gut, da könnte was dran sein. Aber ich behalte die Sache im Auge!

Das nachfolgende Gespräch mit Bine verläuft dann durchaus freundschaftlich, wenn auch nicht ganz exakt gemäß meiner generalstabsmäßigen Planung. Wortreich erläutere ich zunächst die zahlreichen Bedenken hinsichtlich Annas anvisiertem Praktikum in unserem Hause. Bella nestelt an ihrer Bluse herum und öffnet einen weiteren Knopf. Herrgott, wie soll man sich denn da konzentrieren.

Bine hört mir geduldig zu, zeigt sich aber von meinen elaborierten Ausführungen ziemlich unberührt. Zwischenzeitlich verliere ich noch exakt viermal den Faden und plappere inkohärentes Zeugs. So viele Knöpfe waren nämlich an Bellas Bluse zu Anfang des Gesprächs noch geschlossen gewesen.

„Behandle sie einfach genau wie Eure männlichen Bewerber."

„Dann müsste ich sie ablehnen."

„Dann behandle sie eben besser."

Bines Argumentation erscheint mir zunehmend unangreifbar. Insbesondere weil für eine ausreichende Durchblutung des für logisches Denken zuständigen Teils meines Gehirns im Augenblick anscheinend nicht genug des roten Lebenssaftes entbehrlich ist.

Bellas hält ihre Bluse jetzt nur noch mit den Händen zu und amüsiert sich königlich über meine prekäre Lage. Ich gebe mich schließlich der weiblichen Übermacht geschlagen, höre mich „In Gottes Namen, von mir aus" sagen und lege erschöpft auf.

Lena steckt den Kopf herein „Und? Wie hat sie die Ablehnung aufgenommen?"

Bella lacht laut los, verschluckt sich an ihrem Kaffee und muss fürchterlich husten. Die kleinen Sünden straft der Herr eben doch zuverlässig sofort. Sie hält sich die Hand vor den Mund und vergisst dabei kurz, ihre Bluse zuzuhalten.

„Ich äh schätze, wir haben dann wohl unsere erste Praktikantin." sage ich kleinlaut zu Lena, fasele dann noch
etwas von gesellschaftlicher Verantwortung als Unternehmen und gucke dabei Bella ungeniert auf die blanken
Brüste.

Lena schließt kopfschüttelnd die Tür. Die kleine Nonne
ist jetzt ebenfalls splitterfasernackt und schaut mich vorwurfsvoll an. Ich gieße heißen Kaffee nach, damit we-
nigstens sie wieder einen BH anhat.

Bella hat ihren Hustenanfall überwunden und fängt an,
sich die Bluse wieder zuzuknöpfen. Allerdings schief.
Ich gehe rüber zu ihr, nicht mal alleine anziehen kann
sich diese Frau. Auf dem Weg drehe ich den Schlüssel in
der Bürotür um.

Kapitel 12 – Praktikum, untenrum

Wie es üblich ist, durchläuft der Praktikant, bzw. in unserem Fall die Praktikantin, nach Möglichkeit alle relevanten Abteilungen des Betriebes. Auf diese Weise soll sichergestellt werden, dass sie einen möglichst umfassenden Eindruck von unserer, und vielleicht irgendwann auch ihrer, Profession bekommt.

Anna ist daher zurzeit unserer Domina Susi zugeteilt. Ich beschließe, als verantwortungsbewusster Vorgesetzter, bei den beiden im finsteren Keller der liquiden Unglückseligen mal nach dem Rechten zu sehen.

In Wirklichkeit suche ich ja nur einen halbwegs plausiblen Grund, den angeschickerten Hausfrauen von der im Erdgeschoss tobenden Dessous-Party möglichst weiträumig aus dem Weg gehen, aber dazu später mehr.

„Hallo Frau Dr. Hülsheimer. Geht's gut?" Ich begrüße eine unserer treuesten Stammkundinnen. Sie steht mit dem Rücken zu mir vor der aus fast echten Feldsteinen gemauerten Kerkerwand, fachmännisch vertäut an handgeschmiedeten gusseisernen Befestigungsringen.

„Ja, bestens. Und AUA! selber?"

Ich bestätige, dass auch bei mir alles zum Besten steht. Die im bürgerlichen Leben als angesehene Allgemeinmedizinerin im Nachbarort tätige Dame Mitte 40 ist im Augenblick nur mit einem chromblitzenden Stachelhalsband bekleidet.

Ich verkneife mir daher, sie nach dem Rezept für meine Allergietabletten zu fragen, deren Vorrat zeitnah zur Neige zu gehen droht. Dienst ist schließlich Dienst und Klapps ist Klapps. Außerdem hat sie ja sowieso grad keine Hand frei zum Unterschreiben.

Kurze, spitze Schmerzensschreie geben unserer höflichen Konversation eine leicht exotische Note. Ihre durchaus ansehnliche Rückseite wird nämlich von Domina-Elevin Anna derweil gekonnt und systematisch mit einer Reitgerte bearbeitet und erhält ein dekoratives Streifenmuster.

Die Förderung der regionalen Wirtschaft gehört zu unserer Unternehmensphilosophie. Es handelt sich daher bei dem Arbeitsgerät um ein handgenähtes Exemplar aus deutscher Fertigung, lederumflochten, ebenholzschwarz, 80cm Länge, geliefert von Reitsport Jürgens im Nachbardorf.

Ich deute auf eine kleine Lücke im roten Striemenkaro, die dem nur gelegentlich diensttuenden Perfektionisten in mir gerade aufgefallen ist. Anna nickt und platziert geschickt und auf den Millimeter genau einen weiteren Hieb. Zufrieden betrachten wir die neu entstandene Rötung.

„AUA."

„Aua was?"

„Aua, Herrin."

„Bedank dich gefälligst beim Chef, Schlampe."

„Danke, Chef"

„Gern geschehen, schönen Tag noch." Ich gehe rüber zu Susi.

„Die Kleine ist ein Naturtalent. Bald ist die besser gebucht als ich."

Unsere Beauftragte für das betriebliche Züchtigungswesen erweckt nicht den Eindruck, als würde sie das auch nur im Geringsten stören. Ab und an wirft sie ein Auge auf Annas Tun und nickt wohlwollend ob der fachmännischen bzw. -fraulichen und exakten Ausführung der Schläge.

Anna blickt gelassen auf ihr mit den Tränen ringendes Opfer herab. Wie grundsätzlich auf die meisten Besucher hier unten, mich eingeschlossen. Sie teilt nämlich mit Bella eine Schuhgröße und hat sich von ihr ein paar ausgesprochen gewagte schwarze Highheels ausgeliehen.

Stellen Sie sich den Effekt in etwa so vor, als wenn jemand auf eine umgedrehte Bierkiste steigt. Nur in sexy halt.

Wie gut, dass sie keinerlei Ahnung hat, zu welchen feierlichen Anlässen dieses unzweifelhaft erotische, aber in gleichem Maße unpraktische und nur mäßig bequeme Schuhwerk bei uns zu Hause ausschließlich aus seinem Karton gelassen wird.

Zum Glück haben wir kein empfindliches Parkett im Schlafzimmer.

Überhaupt hatte es ein paar Schwierigkeiten gegeben, für die hochgewachsene, schlanke Achtzehnjährige passende Dienstkleidung in unserem Fundus aufzutreiben. Lena hatte sie skeptisch von der Seite betrachtet und irgendetwas von „Zwei Erbsen auf ein Brett gezwackt" gemurmelt und ihr die Nummer des Schönheitschirurgen ihres Vertrauens zugesteckt.

Zum Glück ist Latex in etwa so dehnbar wie der arbeitsvertragliche Begriff „Überstunden im betriebsüblichen Umfang", so dass die deutlich einen Kopf kleinere Susi ihrer neuen Gehilfin mit einigen Kleidungsstücken aus ihrer umfangreichen Sammlung aushelfen konnte.

Der schwarze Wickelbody aus Gummi, den sie gerade trägt, zwickt dadurch allerdings bei jedem Schritt in der gleichnamigen Körperregion. Was dazu führt, dass sie eine ausgesprochen preußische Gangart an den Tag legt. Jeder NVA-Feldwebel hätte sich beeindruckt gezeigt.

Bei unseren Gästen kommt dieser strenge Fortbewegungsstil übrigens so gut an, dass Anna erwägt, ihn beizubehalten. Auch, wenn grad mal nichts zwickt im Zwickel.

Normalerweise kleidet sie sich nämlich im Dienst als Lernschwester Linda, in einer authentischen Tracht aus dem örtlichen Kreiskrankenhaus, dessen kaufmännischer Direktor zum Glück bei uns ein und ausgeht. Nur das fesche Rotkreuzhäubchen stammt aus Lenas Beständen.

Leider löst eine derartige Kluft bei Frau Dr. Hülsheimer traumatische und nachhaltig die Libido beeinflussende

Erinnerungen an ihre Zeit als Assistenzärztin im Spital zum heiligen Josephus aus. Ihr damaliges Gehalt war aber einfach auch wirklich unzumutbar niedrig gewesen.

Weswegen das Schwesternoutfit heute im Spind geblieben ist, es Anna im Schritt zwackt und sie deswegen vielleicht noch ein kleines bisschen böser als normalerweise ist. Was wiederum Frau Doktors Neigungen entgegenkommt.

Währenddessen ist Herr Dr. Hülsheimer hochkonzentriert am Werk, Susis Fußnägel in einem edel glänzenden Rotton zu lackieren. Der luxuriöse Nagellack „Nr. 528" stammt aus Frankreich. Ich präge mir „Rouge Puissant" ein, Bella würde mich todsicher nachher abfragen.

Dem devoten Gatten gehört eine überregionale Parfümeriekette, da sitzt er natürlich an der Quelle. Bei unserer hausinternen Damenwelt ist er aufgrund dessen übrigens hochgradig beliebt. Er trägt zurzeit halterlose Strümpfe und einen Analstöpsel. Beides blickdicht. Zum Glück.

Sein etwas unentspannter Gesichtsausdruck mag im Zusammenhang stehen mit der Tatsache, dass seine Testikel in einem stählernen Schraubstock eingespannt sind. Jede unvorsichtige Bewegung des derartig Fixierten kann zur spontanen Selbstentmannung führen.

Für mich wäre das um diese Jahreszeit ja nichts, ich habe Heuschnupfen.

Der Verkäufer in der Obi-Werkzeugabteilung hatte übrigens nicht schlecht gestaunt, als Susi und ich mit Pingpongbällen verschiedene Exemplare getestet und uns dann für einen geschmiedeten Oberklasseschraubstock der Marke Zwingfix entschieden hatten. Millimetergenau justierbar und mit auswechselbaren Backen. Wir legen hier viel Wert auf Hygiene. Und Erhalt der Zeugungsfähigkeit unserer geschätzten Kundschaft.

Etwas tropft auf mein Haupthaar. Ich blicke nach oben und entdecke einen feuchten Fleck an der Decke. Ich zähle in Gedanken die Schritte bis zur Wand und finde meinen Verdacht bestätigt. Direkt über uns befindet sich der große Whirlpool.

Fluchend steige ich die Treppe wieder hinauf. Was zum Henker war denn da schon wieder los. Das letzte Mal hatte uns ein Arschbombenwettbewerb der örtlichen Synchronschwimmerinnen eine derartige Überschwemmung beschert.

Die munteren Damen hatten neben ihren Nasenklammern auch alle Hemmungen abgelegt und den überraschenden Gewinn der Landesmeisterschaften mit einer kleinen Orgie gefeiert.

Die Tür zum Wellnessbereich ist verschlossen. Das ist sie sonst eigentlich nie. Ich zücke verwundert meinen Generalschlüssel, als ich von drinnen merkwürdige Geräusche vernehme. Es klingt wie klatschen oder als ob jemand auf Wasser einschlägt. Welche neuartige Perversion fand denn hier schon wieder statt? Underwater-Spanking?

Ich öffne vorsichtig und riskiere einen Blick. Langsam ziehe ich die Tür wieder zu. Und schließe ab. Ich gehe ein paar Schritte rückwärts.

„Bella? BELLAAAAAAAA!"

Ich finde die Dame meines Herzens schließlich bei Hannelore in der Küche. Sie verkostet gerade eine neue Kreation unserer Chefin de Cuisine. Mir ist im Moment nicht nach Wildschwein-Basilikum-Pastete, ich lehne das mir angebotene Probierstück daher höflich ab. Hannelore zieht eine Augenbraue hoch. So ein Verhalten ist bei mir als absolut wesensfremd einzustufen.

„Da ist ein Seehund. In meinem Whirlpool."

Bella kaut in aller Seelenruhe ihre Pastete und erklärt mir, nein, da sei kein Seehund. Ganz sicher nicht. Der würde sich nämlich bestimmt nicht mit Fridolin vertragen. Der sei schließlich ein kalifornischer Seelöwe. Mit meinen Biologie-Kenntnissen wäre es ja wohl nicht allzu weit her.

Seelöwen gehören., so lerne ich, zu den Ohrenrobben, Seehunde nicht. Da das in unserem Pool planschende Exemplar über stattliche Lauscher verfüge, handele es sich mithin zweifelsfrei um einen Seelöwen. Die wären außerdem viel größer als unsere heimischen Heuler. Bis zu drei Meter lang. Aber Fridolin wäre zum Glück ja noch nicht ausgewachsen.

Möchten Sie die bewegende Geschichte vom traurigen Seelöwen Fridolin hören? Nein? Egal, ich erzähle Sie Ihnen trotzdem.

Im Zoo von Kopenhagen lebte ein aufgeweckter junger Seelöwe ein zufriedenes Leben voller frischem Fisch und liebevoller Zuwendung, beides in reichlicher Menge bereitgestellt von einer hübschen jungen Tierpflegerin namens Mette. Alle waren sehr glücklich. Gut, bis auf die verfütterten Heringe vermutlich.

Eines Tages nun fuhr Mette ins ferne Tyskland, an einer Schulung für Tierpfleger mit Schwerpunkt „Fellige Meeressäuger" teilzunehmen. Einer der dortigen Dozenten war der reputierliche Robbenexperte Hinnerk aus Greetsiel. Hinnerk verstand jedoch nicht nur die Robben, sondern auch die Frauen.

Es kam also, wie es meistens kommt. Mette musste sich bald zwischen Hinnerk und Fridolin entscheiden. Der Kandidat mit der zweigeteilten Schwanzflosse zog den Kürzeren und Mette zu ihrem Robbenflüsterer unters Reetdach.

Der einsame Fridolin fristete deprimiert sein dänisches Dasein, das immer noch reich an frischem Fisch, aber nun arm an liebevoller Zuwendung war.

Doch dann nahm das unberechenbare Schicksal eine überraschende Wendung zum Guten. Durch die überaus großzügige Hinterlassenschaft eines verstorbenen Fischmehlfabrikanten hatte der Osnabrücker Zoo genug flüssige Mittel für ein neues Robbenrevier. Und Hinnerk und Mette sollten es verantworten.

Ein neues Zuhause auch für Fridolin, der umgehend seine Ausreise aus Dänemark beantragte.

Hinnerk, Mette und er fuhren, ein lustiges jütländisches Volkslied auf den Lippen, im temperierten Spezialtransporter gen Süden. Und nun kommt wieder das Schicksal, dieses launische Ding, ins grausame Spiel. Diesmal in Gestalt von Janosch aus Breslau.

Janosch ist einer von vielen tausend polnischen Lastwagenfahrern, die tagtäglich durch deutsche Lande düsen. Er brachte gerade eine Fuhre Hotdog-Remoulade von Aalborg nach Wuppertal-Elberfeld, als kurz hinter Flensburg ein Reifen an seinem Sattelschlepper unzulässig erschlaffte.

Fluchend wechselte er das unhandliche Trumm. Das hatte ihm gerade noch gefehlt. Nur diese eine Fahrt noch, dann sollte es heim nach Polen gehen zu seiner hochschwangeren Freundin Ewa.

Und weil der werdende Papa in Gedanken gerade bei den spitznasigen Männlein aus der Aufbauanleitung für das neue Kinderbett SÖGLING war, übersah er beim Zusammenpacken, dass von seinem 126-teiligen Steckschlüsselset nur 125 Teile wieder den Weg in ihre maßgeschneiderten Schaumstoffhalterungen gefunden hatten.

Die Tage gingen ins südschleswigsche Land. Janosch war unterdessen glücklicher Vater eines stattlichen Knaben und ein ca. 30 cm langes, am einen Ende spitz zulaufendes, Metallteil harrte auf dem Randstreifen der A7 in Höhe Harrislee immer noch geduldig seiner Bestimmung.

Hinnerk musste einer lethargischen Möwe ausweichen, die sich ungerührt auf seiner Fahrspur an etwas Überfahrenem gütlich tat, welches sich langsam der Zweidimensionalität annäherte. Der Schlenker auf den Randstreifen ereignete sich exakt an der Stelle, an der Janosch seinen unfreiwilligen Radwechsel vorgenommen hatte.

„Hui" sagte Mette.

„Oink?" sagte Fridolin.

„Schietmöwenbiest verdammtes." sagte Hinnerk.

Dann sangen sie weiter.

Das lauernde Edelstahl-Qualitätswerkzeug sah seine Chance gekommen. Es bohrte sich, vom rechten Vorderrad aufgewirbelt, in den Unterboden des Transporters, wo es einstweilen zufrieden steckenblieb. Richtung Süden gings, dahin, wo es seine Brüder vermuten durfte.

Etwa Höhe der Ausfahrt Volkspark dann war der letzte Tropfen Kühlflüssigkeit aus der angestochenen Leitung herausgetropft und hatte damit den Endpunkt einer knapp 150 Kilometer langen Spur gesetzt, die kurz hinter der dänischen Grenze begonnen hatte.

Langsam wurde es wärmer und wärmer im Wagen. Eine Warnleuchte blinkte nervös. Irgendwann entschied Hinnerk, von der Autobahn abzufahren, um mal nach dem Rechten zu sehen. Der um diese Tageszeit leere Parkplatz des „Diana" schien ihm dafür der richtige Ort zu sein.

Fridolin blickte sehnsuchtsvoll auf den Bachlauf hinterm Haus. Ihm war warm. Und es war zu trocken für seinen Geschmack. Viel zu trocken. Mette war besorgt. Hinnerk auch, nachdem er den penetrierten Unterboden des Autos besichtigt hatte.

„Sie können hier nicht parken, das ist Privatgelände"

Margot war freundlich, aber bestimmt. Wenn man hier in Autobahnnähe nicht aufpasste wie ein Schießhund hatte man, ehe man sichs versah, das ganze fahrgemeinschaftende Pendlergesocks auf dem Hof und keinen Platz mehr für zahlende Gäste.

Da sie aber neben einem stählernen Blick, vor dem auch die stärksten Kerle einknickten, auch ein großes, gütiges Herz hat, schmolz sie dahin, als Mette mit dänischem Akzent ihre, Hinnerks und insbesondere Fridolins Not schilderte.

Und während ich mich mit Bellas schief zugeknöpfter Bluse beschäftigt hatte und daher abgelenkt war, hatte sie Mette samt Robbe unauffällig in unseren Wellnesstempel gelotst, wo beide jetzt dankbar und wiedervereint im großzügig dimensionierten Whirlpool planschen.

Auch mich, das will ich gern zugeben, rührt die Geschichte ein wenig, aber heute Abend stehen uns die spendierfreudigen Teilnehmer einer Vertretertagung ins Haus. Claudia vom Hotel „Eichengrund" hat schon angerufen und uns vorgewarnt. Und bis dahin muss das Viech wieder raus sein aus der Bude.

Mal sehen, wie sich die Lage draußen auf dem Parkplatz darstellt. Hinnerks Bericht ist verheerend, die Karre würde sich aus eigener Kraft keinen Meter mehr bewegen. Ich hänge mich ans Telefon.

Autozar Peter teilt, nachdem ich ihm laienhaft die Problematik geschildert habe, Hinnerks Diagnose. Er verspricht, schnellstmöglich seinen kompetentesten Mechaniker vorbeizuschicken.

Vierventil-Toni konnte, wie ich aus eigener Erfahrung wusste, durchaus kleine bis mittelgroße Wunder bewirken. Tote zum Leben zu erwecken, war aber auch ihm nicht vergönnt. Er würde daher vorsichtshalber gleich mit dem Abschleppwagen kommen.

Was jedoch mein unmittelbares Problem nicht löst, denn einen Seehund kann man ja nicht einfach in ein Taxi setzen. Heutzutage, wo man sich sogar auf der Rückbank anschnallen muss.

Dann fällt mir Kuno ein. Kuno ist nämlich tot, gestorben an Altersschwäche, wie ich heute Morgen unserem örtlichen Anzeigenblättchen entnommen hatte. Er war friedlich in der Eisbärenanlage des Waldwildparks Blaue Berge, gar nicht weit von uns, eingeschlafen.

Da der Hirsch unser Firmenwappen ziert, bin ich im Förderverein des Wildparks und Bella war letzten Monat Taufpatin der Rothirschkuh Rosalinde, einem echten Publikumsliebling. Ich rufe den Chef des Parks an, einen Versuch ist es allemal wert.

Alles wendet sich zum Guten. Kunos kühler Kadaver ist auf seinem letzten Weg ins naturhistorische Museum, wo er, mit Sägemehl gefüllt, einen Ehrenplatz neben Mammut Max bekommen wird. Sein Gehege hat noch keinen Nachmieter, Fridolin kann daher kurzfristig einziehen. Und abholen würde man ihn auch. Ich verspreche dankbar eine größere Summe für den Neubau der maroden Besuchertoiletten im Streichelzoo.

Mein Telefon klingelt. Ob ich nicht eben schnell noch mal runter ins Verlies kommen könnte. Und zwei Sack Holzkohle möge ich bitte mitbringen. Ich schlurfe fügsam zu einer der Garagen am Rande des Parkplatzes, die wir zu einem Vorratsraum umfunktioniert haben.

Wir beziehen unseren hochwertigen Brennstoff übrigens direkt aus den dichten Eichenwäldern des östlichen Wendlandes bei der kleinen Bio-Köhlerei „Grillkohle Gorleben". Erzeugerabfüllung.

Köhler Matthias hatte seine Karriere dort als frecher Knirps Anfang der 80er begonnen, als er die verkohlten Reste der Lagerfeuer in geräumten Protestdörfern der Anti-Atombewegung in Säcke füllte und geschäftstüchtig an campierende auswärtige Polizeieinheiten weiterverkaufte.

Ich schnappe mir zwei der dreckigen Tüten aus Recyclingpappe und schleppe sie ins Haus. Bella erwischt mich am Eingang und tippt sich mit dem Finger gegen die Stirn. Grummelnd mache ich kehrt und stopfe die staubigen Säcke mit verkohlter Biomasse in einen reißfesten Plastiksack.

So finde ich schließlich Gnade vor Bellas Augen, sie lässt mich passieren. Da ich beide Hände voll habe, kneift sie mir frech ins Gesäß. Oy. Sachma. Meinen Hinweis, dass es sich hier klar um sexuelle Belästigung am Arbeitsplatz handelt, quittiert sie mit einer Aussage, die mir abendliche Unzucht mit Anhänglichen in Aussicht stellt. Ich bin einstweilen versöhnt.

Kapitel 13 – Drunter und Drüber

Kennen Sie diesen charakteristischen Geruch, der den Beginn der Grillsaison markiert? Wenn die Mischung aus noch nicht hinreichend glühender Holzkohle, abbrennendem Restfett vom Vorjahr und angesengten Tofu-Bratlingen übers Land wabert?

Der steigt mir nämlich gerade in die Nase, als ich, bepackt mit dem angeforderten Brennstoff, die Treppe wieder hinuntersteige.

Ich winke Susi und Anna, die mit den beiden Hülsheimern nach getaner Arbeit noch ein Käffchen trinken. Man schätzt unsere familiäre Atmosphäre hier.

Ein finsteres Verlies weiter begrüße ich Herrn Obermann, seines Zeichens stellvertretender Schuldirektor am hiesigen vierzügigen Gymnasium. Er antwortet mit einem freundlichen „MmpfMmpf", etwas anderes ließe der fachmännisch angebrachte Knebel in seinem Mund derzeit auch nicht zu.

Gestatten Sie mir hier einen kleinen Exkurs. Sie werden gleich verstehen, warum ich Ihnen ausgerechnet jetzt die Geschichte von unserem alljährlichen Feuerwehrfest im Dorf erzähle.

Bei besagter Veranstaltung ist es nämlich seit Menschengedenken Tradition, dass ein ganzer Ochse am Spieß gebraten und seine schmackhaften Einzelteile gegen eine kleine Spende an hungrige Besucher verteilt werden.

Wir hatten einen spontanen Betriebsausflug angesetzt, um uns bei klebriger Zuckerwatte und zünftiger Blasmusik ein wenig vom aufreibenden Befriedigungsbusiness abzulenken. Fast die gesamte Truppe war mitgekommen. Bis auf Margot, der tat der Ochse leid. Sie hat ja, wie Sie wissen, ein großes Herz für Tiere.

Als Susi und ich so vor dem sich langsam über der Glut drehenden Rindvieh standen und über die Bedeutung von Gar- und G-Punkten fachsimpelten, kam uns quasi simultan ein genialer Gedanke, den wir umgehend mit Ortsbrandmeister Ottokar van de Buis diskutierten.

Dessen Urahnen, Sie werden es bereits vermuten, waren einst aus Holland emigriert. In Folge des Spanischen Erbfolgekrieges oder irgendeines anderen der vielen wilden Gemetzel der europäischen Neuzeit, die Quellenlage ist da etwas uneindeutig,.

Angeblich wegen irgendwelcher religiöser Unstimmigkeiten, primär aber, weil sie die Hänselei über ihren Nachnamen nicht länger ertrugen. Dazu neigten, vermutlich genetisch bedingt, die männlichen Familienmitglieder auch noch zu eher unterdurchschnittlicher Gemächtgröße. Buis heißt nämlich übersetzt „Schlauch".

Jedenfalls ist Nomen eben doch manchmal Omen und Urururenkel Ottokar machte Karriere bei der Feuerwehr. Wir wurden schnell mit ihm handelseinig, die stets klamme Kasse der freiwilligen Helfer in blau erhielt eine willkommene Zuwendung und wir einen erstklassigen Ochsenbräter.

Einmal im Jahr stellen wir den selbstverständlich weiterhin kostenfrei den wackren Brandlöschern zwecks ritueller Rindsröstung zur Verfügung. Den Rest der Zeit nutzen wir ihn in unserer Inquisitionskammer. Übrigens der ehemalige Kartoffelkeller, das „Diana" war nicht immer ein Puff gewesen.

Gekonnt vertäut wird daher gerade, bei kleiner Flamme, unser Lehrer Obermann am elektrisch angetriebenen Drehspieß gegart. Mistress Melinda, eine unserer freiberuflichen Dominas, bestreicht ihn fast zärtlich mittels eines dicken Pinsels mit hochwertigem kaltgepressten Olivenöl.

Melinda trägt eine authentische mittelalterliche Folterknechtstracht, die wir dem mittelmäßig erfolgreichen 70er-Jahre-Streifen „Drei Schwedinnen im Folterkeller" verdanken. Und Bellas guten Kontakten zu einer ebenfalls mittelmäßig erfolgreichen Filmproduktionsfirma.

Gut, dass ich da sei. Und ob ich da rechts gleich etwas Holzkohle nachlegen könne? Sie hätte leider gerade fettige Finger. Natürlich, kein Problem, ich helfe gern. Es staubt ein wenig. Obermann muss niesen. Liebevoll nimmt ihm Melinda den Knebel ab und putzt ihm die Nase mit einem Tempotaschentuch.

Mir kommt eine Idee. Ich flüstere Melinda etwas ins Ohr. Sie denkt kurz nach, nickt dann und verschwindet grinsend im Pausenraum für das Personal.

Der Lehrer und ich diskutieren zwischenzeitlich ein wenig über Schulpolitik, während er sich langsam weiter um seine eigene Achse dreht. Was wohl seine Genossen im SPD-Ortsverein sagen würden, wenn sie wüssten, dass sie einen rechtsdrehenden Vorsitzenden haben.

Seine Mistress kommt zurück. Sie trägt etwas Rundes in der Hand. Es ist grün.

„Mund auf".

Der angesengte Pädagoge folgt gehorsam ihrer Anweisung. Er reagiert dann aber doch etwas überrascht, als er statt des vertrauten Knebels einen knackigen Apfel, stibitzt aus Annas Pausenbrotdose mit den lustigen Entchen drauf, zwischen die wartenden Zähne gesteckt bekommt.

„Wehe, du lässt ihn fallen!"

Zufrieden betrachten wir unser Werk. Spanferkel Obermann grunzt irgendetwas Unverständliches. Fofo. Foofooo. Melinda scheint ihn zu verstehen. Sie holt die Kamera und lichtet ihn ab. Da würden seine Kumpels aus dem Kannibalen-Forum im Internet aber Augen machen. Augen machen. Sie haben den Wortwitz mitgekriegt? Prima.

Interessiert frage ich zum Abschied noch nach, ob denn unser Hauptgericht wohl bald den nötigen Gargrad erreicht hätte. Sie kneift versuchsweise in seinen blanken Hintern, der sich gerade an uns vorbeidreht. Nein. Der muss noch.

Aber gleich käme bei ihm ohnehin wieder das digitale Bratenthermometer zum Einsatz, dann wüsste man es bis auf die Nachkommastelle genau. Das sei jedes Mal ein besonderes Highlight für alle Beteiligten. Ich nicke zustimmend, wenn auch nicht völlig frei von gewissen Restzweifeln. Allerdings habe ich auch keine Rostbratenfantasien.

Ich erinnere mich, wie ich das Thermometer bei Haushaltswaren Knaus, dem örtlichen Fachgeschäft für hochwertiges Küchenzubehör, kaufte und gefragt wurde, wieviel Kilo denn meine leckeren Braten durchschnittlich so hätten. Mit „Etwa neunzig" hatte die hilfsbereite Dame wohl nicht als Antwort gerechnet.

Sie können sich denken, dass die feuerpolizeiliche Abnahme eines Indoor-Grills diesen Ausmaßes eine gewisse Herausforderung darstellte. Zumal sein Einsatz, nun sagen wir, nicht unmittelbar gastronomischen Zwecken dient. Das wurde zum Glück seitens der zuständigen Behörden nicht weiter thematisiert, vermutlich hatte der Sachbearbeiter nur Blümchensex.

Genau wie die Eiserne Jungfrau, das Streckbrett und der Zuber der Züchtigung erfreut sich jedenfalls unser Grillspieß ausgesprochen großen Zuspruchs durch unsere anspruchsvollen Gäste. Nur wer auf Hightech bei Foltermaschinen Wert legt, der ist bei Eliza im Fitnessstudio besser aufgehoben.

Die Eiserne Jungfrau heißt betriebsintern übrigens respektlos „Sofie", weil die Seniorchefin die einzige im Hause war, die nie durch irgendwelche Männergeschichten aufgefallen ist. Was bzw. wer dahintersteckt, weiß außer mir, Bella und dem geneigten Leser niemand. Und das bleibt erstmal auch so.

Der Zuber der Züchtigung ist, ich ahne Ihre Frage schon, ein großer, gusseiserner Kessel, in dem die stillgelegte Wurstfabrik Kuno Zippl KG einst Frischgemetzeltes siedete. Nun bietet er bequem Platz für die fachgerechte Erhitzung von, je nach Handelsklasse, zwei bis drei Lustsklaven beliebigen Geschlechts.

Oder für vier Fotomodelle. Aber das ist eine andere Geschichte, der wir uns später zuwenden wollen. Vielleicht.

Ich lasse den sengenden Schuldirektor bei kleiner Flamme weiterdrehen und setze meine Kontrollrunde fort. Er ist bei Mistress Melinda in den besten Händen. Tagsüber arbeitet sie in Schorschis rollender Imbissbude auf dem Rewe-Parkplatz. Diese Frau weiß, wann die Wurst vom Feuer muss.

In meiner mittlerweile gewohnten Arbeitshaltung, also beständig leicht den Kopf schüttelnd ob all des Irrsinns, der mich umgibt, steige ich wieder die Treppe zum Erdgeschoss hinauf. Die Teppichfliesen müssten mal erneuert werden. Aus unserer Lounge tönt Gläserklirren und Gekicher.

Die Lounge ist ein abgetrennter Raum, der 10 bis 15 Personen in gediegenem Ambiente Gelegenheit für Zwischenmenschliches bietet.

10 bis 15, weil es ein wenig davon abhängt, wie viele Gäste Wert auf ein eigenes Sitzmöbel legen. Der flauschige Teppich ist weich, fußbodengeheizt und zum Glück hervorragend zu reinigen.

Eine Hausfrau, irgendwo zwischen 30 und 40 zu verorten, flitzt in einem durchsichtigen Babydoll-Nachthemd an mir vorbei in Richtung Bühne, gefolgt von einer anderen Dame in einer knallroten Korsage, die unseren Profis hier definitiv zu nuttig aussähe.

Bellas Idee, den Club an den Ruhetagen exklusiv für private Veranstaltungen zu vermieten, hat hervorragend eingeschlagen. Junggesellenabschiede, Damenkränzchen, Tupperparties, irgendeinen Vorwand brauchen die Leute anscheinend, um sich in einen Puff hereinzutrauen.

Sind sie dann erst mal drin, fallen überraschend schnell alle etwaigen Hemmungen.

„Ich wollte das immer schon mal ausprobieren" tönt es aus Richtung einer der Poledance-Stangen. Babydoll hängt, artistisch nicht vollkommen unbegabt, kopfüber an der Stange. Das Nachthemd folgt der mitleidlosen Schwerkraft und ich erkenne nun zweifelsfrei, dass sie keine echte Blondine ist.

Kerstin, die Veranstalterin der Party, scheucht die beiden entfleuchten Hühner wieder zurück in die Lounge. Entschuldigend zuckt sie mit den Schultern, hebt kurz die Hände und verschwindet wieder hinter dem schweren Samtvorhang, der die Lounge abteilt.

„Junger Mann!"

Nanu? So nennt mich heutzutage nur noch, wer selber die Siebzig locker hinter sich gelassen hat. Und richtig. Auf einem unserer Barhocker, Sie wissen schon, die mit dem exotischen Muster, auf dem man nicht jeden Fleck gleich sieht, sitzt ein putzmunteres Großmütterchen.

Sie wackelt lustig mit ihren kurzen stützbestrumpften Beinen, und ich frage mich ernsthaft, wie sie es bis nach da oben geschafft hat. Moment. War mir nicht vor einer halben Stunde ein munter pfeifender Elektriker entgegengekommen, mit einer Trittleiter über der Schulter?

Ich hatte mich noch gefragt, wozu er die wohl braucht, um eine Steckdose knapp oberhalb des Fußbodens zu reparieren. Sie möchten übrigens nicht wissen, wodurch die kaputt gegangen ist. Möchten Sie doch?

Nun, manchmal geht es recht ausgelassen zu, bei unseren kleinen Partys hier, und letzte Woche hatte eine reichlich muntere Truppe feuchtfröhlich Junggesellenabschied gefeiert. Und blödsinnige bis lebensgefährliche Wetten abgeschlossen. Zum Beispiel, wer sich traut, seinen, na Sie wissen schon, in eine, na Sie wissen schon, muss ich weiterreden?

Aus dem abfahrenden Rettungswagen hatte man noch lange den Ruf „Ich. Ich habe die Wette gewonnen. Ihr Schlappschwänze." hören können. In wieweit der Bräutigam mit seinem verkohlten Würstchen in der Hochzeitsnacht brillieren konnte, entzieht sich allerdings meiner Kenntnis.

Wir hatten zwar einen Kurzen, aber zum Ausgleich auch einen 40-Zentimeter-Wachspenis mit Docht. Ein wirklich witziges Werbegeschenk einer Spezialfirma für Sadomaso-Bedarf, das hilfreich den Weg durch die Finsternis zum Sicherungskasten wies.

Die altmodische Elektrik des „Diana" hatte es übel erwischt. Ich hoffte inständig, dass der abtransportierte
Noch-Junggeselle anständig privathaftpflichtversichert
war.

Kein Mensch achtet übrigens in diesem Saftladen mehr
auf Schmerzensschreie aus dem Keller. Auch dann
nicht, wenn der Chef sich im Dunkeln den großen Onkel böse an einem im Weg herumstehenden gefüllten
Putzeimer stößt.

Dank der Vorliebe von Susis Kunden für Spiele mit hei-
ßem Wachs hatten wir neben dem schon erwähnten
Dödel mit Docht reichlich weitere Kerzen auf Lager.
Eine Flasche hausgebrannter Birnengeist vom Obsthof
Kernlos kreiste und am Ende sangen wir Weihnachtslie-
der.

Es war alles sehr besinnlich gewesen. Ich schmunzele
bei der Erinnerung, verziehe dann aber das Gesicht, als
mir die Rechnung vom Elektro-Meyer einfällt, die noch
irgendwo auf meinem Schreibtisch liegt.

„Junger Mann!" die Omi unterbricht meine Gedanken.
Sie meint anscheinend wirklich mich „Ob ich wohl noch
ein Tässchen Kaffee bekommen könnte?"

Es ist wieder einer von diesen Tagen, an denen mich
rein gar nichts mehr erstaunt. Ich stapfe tapfer hinter
die Bar und entringe tatsächlich Britneys neuer chrom-
glänzender Heißgetränk-Wundermaschine im Gegenwert eines Mittelklassewagens nach hartem Kampf eine
Tasse Café Crème.

Die Omi heißt, wie ich erfahre, Helga. Und gehört irgendwie zu der flotten Damentruppe drüben im Séparée. Und irgendwie auch wieder nicht. Der Kaffee riecht gar nicht mal schlecht. Wo war noch gleich der Cognac?

Und irgendwo hat Britney die Dose mit dem feingemahlenen Kakao. Ah, hier. Ich klopfe professionell wie ein Barista in fünfter Generation etwas braunes Pulver auf die helle Crema. Es staubt ein wenig, dann werde ich rot.

Der stylishe Streuer aus gebürstetem Edelstahl hat anscheinend Wechselschablonen. Oma Helga amüsiert sich köstlich über den deutlich erkennbaren Penisumriss auf ihrem Kaffee. Meine Entschuldigung quittiert sie mit einer wegwerfenden Handbewegung.

„Das ist schließlich ein Puff hier, da passt das. Ich bin doch nicht von gestern, was denken Sie."

Jetzt bin ich neugierig geworden. Was hatte diese nette Dame hierher zu uns verschlagen? Wandertag in der Seniorenresidenz? Senile Bettflucht? Obwohl, senil wirkte sie eigentlich überhaupt nicht auf mich. Eher ausgesprochen krekel. Ich lasse mir die ganze Geschichte erzählen.

Ihre Enkelin, die Susann nämlich, hätte sich heute um sie kümmern sollen. So war es abgemacht. Das hatte die Susann aber vergessen. Und wollte aus dem Haus gehen. Als ihrer Mutter fragte, wo sie denn hinwolle, stammelte sie „Tupperparty".

Klassischer Trick 17 mit Selbstüberlistung. Helga lacht. „Da kannst du Omi doch mitnehmen" hatte bei Susann einen kleinen Schweißausbrauch ausgelöst. Wie sollte sie da jetzt wieder rauskommen? Argumente wogten hin und her. Am Ende gab Omas Machtwort den Ausschlag. „Da fahr ich mit!"

Wir klönen eine ganze Weile bei Kaffee und leicht obszönen, aber wohlschmeckende Nougat-Pralinchen, in ihrer Form einem primären weiblichen Geschlechtsmerkmal nachgebildet. Ich hatte sie in einer mir bisher völlig unbekannten Schublade hinter der Bar gefunden. Man versteckte Süßkram vor mir, das würde noch Konsequenzen zeitigen.

Gerade erzählt Helga von den schweren Jahren der akuten Männerknappheit nach dem Krieg.

„Da konnte man ja nicht so wählerisch sein. Mein Otto selig zum Beispiel, der hatte nur ein Bein. Und rote Haare. Überall. Stelln sich das mal vor."

Wie aufs Stichwort kommt einer der wenigen übriggebliebenen Zeitzeugen dieser Epoche zur Tür herein.

Hein, der Seemann. Unser Sachverständiger für Knoten, Tauwerk, Takelage und anderen Tüdelkram. Zwar war auch er vom Zahn der Zeit nicht gänzlich verschont worden, aber vermutlich vom vielen Salzwasser so gut konserviert, dass er immer noch eine imposante Erscheinung war.

Er nickt mir nur kurz zu und setzt dann sofort Kurs auf Oma Helga.

„Junge Frau, was verschlägt eine Schönheit wie Sie in diese Kaschemme?" Hochdeutsch nutzt Hein nur zum Balzen und an hohen christlichen Feiertagen.

Die beiden verstehen sich auf Anhieb blendend. Nach ein wenig Smalltalk und zwei, drei, fünf Eckes Edelkirsch aus Britneys Spezialbestand für Liebhaber wirklich abwegiger Laster, bietet er sich ihr großmütig an. „Soll ich Sie hier mal bisschen rumführen, Gnädigste?"

Helga hüpft erstaunlich behände von ihrem Barhocker herunter und hakt sich bei Hein unter. „Jawoll, Herr Kaptein. Leinen los."

Die beiden verschwinden. Zurück am Eingang bleibt Jutta. Und schüttelt langsam den Kopf.

Jutta arbeitet für den Bundesfreiwilligendienst. Und zwar als Fahrerin fürs Seemannsheim. Sie bringt die alten Leutchen hierhin und dorthin, mal zur Fußpflege, mal zum Lungendoktor, was halt grad so anliegt. Und Hein, den fährt sie in den Puff.

„Na, den werden Sie wohl ab jetzt teilen müssen."

Sie klärt mich darüber auf, dass das für sie angesichts des demografisch bedingten Frauenüberschusses in der Seniorenwohnanlage absolut nichts Neues darstellt.

Da nämlich Hein zwar von allen Greisen dort der älteste, aber auch der rüstigste ist, Sie wissen schon, was ich meine, besitzt er einen enormen Marktwert.

Die lüsternen Luder fortgeschrittenen Alters, so erzählt mir Jutta, bieten ihm neben ihren welken Körpern stets auch allerlei Spezereien wie Schwarzwälder Kirschtorte, hausgemachte Marmelade und selbstgebrannten Obstwässerchen dar.

Wenn ich bedenke, dass unser Personalabrechnungssystem sich geweigert hatte, Hein aufzunehmen, weil ihm das Geburtsdatum unplausibel erschien, dann wächst mein Respekt für den alten Haudegen langsam ins Unermessliche.

Hein, Hein, du alter Casanova.

Was ein alter Fahrensmann in einem Laden wie unserem treibt? Zumal ihm die Damenwelt ja offensichtlich kostenfrei zu Füßen liegt?

Nun, in diesem Hause verkehren Liebhaber verschiedenster Spielarten des persönlichen Lustgewinns. Unter anderem auch solche, die ihre knappe Freizeit der möglichst kunstvollen Verschnürung des menschlichen Körpers mit Seilwerk widmen.

In diesen Kreisen genießt Hein absoluten Kultstatus, seines profunden Wissens über Tauwerk wegen. Vom Clipper bis zur Viermastbark, unser Seebär war auf allen Weltmeeren gesegelt. Kein Knoten, der jemals ersonnen wurde, war ihm fremd.

Und immer, wenn Hein bei uns Fortbildungen in Sachen fachgerechter Fesselung gibt, kommt irgendwann Jutta und holt ihn wieder ab. Damit er rechtzeitig zum heute-journal zuhause ist.

Beim ersten Mal hatte sie noch draußen im Auto auf ihn gewartet. Beim zweiten Mal dann schon hier an der Bar.

Beim dritten hatte sie Hein aus dem Keller, seinem Arbeitsplatz auf Zeit, abgeholt. Und beim vierten Mal war sie nicht wieder raufgekommen.

Neugierig und etwas besorgt war ich ins Verlies hinabgestiegen, da war doch nicht etwas passiert?

Jutta baumelte fachgerecht verschnürt und ordentlich aufgeräumt an einem der Fleischerhaken von der Decke.

Sie, Anna, Susi und der Klempner, der eigentlich nur den Absperrhahn gesucht hatte, lauschten interessiert, während Hein einen Vortrag darüber hielt, wann Sisal, wann Hanf und wann Jute angezeigt ist, welcher Knoten für Brüste ab Doppel-D zu empfehlen ist und welcher eher für Stückgut. Jutta hat übrigens mindestens E. Man entwickelt in unsere Branche irgendwann ein Auge für sowas.

Nachdem der Kaptein, wie sie ihn hier alle mittlerweile nennen, unter Beifall geendet hatte, ließen wir Jutta mittels Flaschenzug herab, lösten die Knoten und beobachteten interessiert, wie ihr Blut feststellte, dass es wieder überall zirkulieren durfte, wo es normalerweise zirkulierte. Der Klempner und Hein diskutierten derweil noch ein wenig über Hanf, Flachs und die Vorzüge des Kalfaterns.

Sie zog ihre Klamotten wieder an, die sorgfältig zusammengelegt auf einem nicht mehr ganz seinem ursprünglichen Zweck dienenden Sägebock deponiert waren und verfrachtete dann den ollen Seebären in den klapprigen Kleinbus des Seemannsheims.

Ich hatte die beiden bis zum Parkplatz begleitet und war im Begriff, die Schiebetür zu schließen, als Hein erst auf das 20-Meter-Seil aus japanischer Jute in seinem Schoß und dann auf Jutta zeigte.

„Ick nehm denn noch büschen Aabeit mit nach Haus, nech."

Und seitdem gehört auch Jutta bei uns hier ein bisschen zur Familie.

Kapitel 14 – Foto-Finish

Man versprach mir Speis und Trank, sofern ich vorher skandalfrei eine Kunstausstellung durchliefe. Ich kenne einen der Künstler flüchtig, womit wir dann auch schon beim Problem angelangt sind.

Die Macht stark in ihm ist. Vermutlich deswegen war für Talent nicht mehr viel Platz.

Als ortsansässiger Betrieb sind wir natürlich auch in der Förderung von regionaler Kunst und Kultur aktiv. Normalerweise, und, wie Sie gleich sehen werden, mit gutem Grund, nimmt Bella derartige Termine war. Weswegen mich hier, obwohl ich die Rechnung für Schnittchen und Raummiete bezahlt habe, fast niemand kennt.

Bella allerdings weilt gerade außerplanmäßig im fernen Schwabenland bei ihrer Mutter. Die hatte nämlich, wie Sie sich vielleicht erinnern, mit ihrem Nachbar angebandelt, einem gewissen Herrn Meisel.

Herr Meisel wiederum war, wiewohl noch durchaus rüstig, in einem Alter, in dem man keine Zeit mehr zu verlieren hat. Und zweigleisig gefahren. Sprich, er hatte neben seiner Nachbarin zur Rechten, also Bellas Mama, auch der Dame, die links von ihm wohnte, Avancen gemacht.

Nun fällt der Apfel auch in Geislingen an der Steige nicht weit vom Birnbaum. Als Mama, ihrer Tochter in Sachen Temperament in nichts nachstehend, gewahr wurde, dass der Meisel ein Schuft und die Nachbarin eine Schlampe war, spielten sich sehr unschöne Szenen in der beschaulichen Einfamilienhaussiedlung ab.

Im Verlauf des sich entwickelnden Eifersuchtsdramas war es dann wohl auch zu einem unerfreulichen Zusammentreffen der Akku-Heckenschere, die wir Bellas gartenverrückter Mutter jüngst zum Geburtstag geschenkt hatten, mit der sorgsam gehegten Buchsbaumhecke der Nachbarin gekommen war. Mit Kabel dran wäre das nicht passiert, das hätte soweit vermutlich nicht gereicht. Der Fluch der modernen Technik.

Auf jeden Fall musste Bella Hals über Kopf ins Ländle aufbrechen, um dort Schlimmeres und Schlimmstes zu verhindern. Und ich armer Tropf temporär die Pflege unserer betrieblichen Sozialkontakte übernehmen.

Ich wandere also durch das Heimathaus, das für die Ausstellung angemietet wurde. Eine für horrendes Geld renovierte Fachwerkscheune, in der früher der den Bauern abgepresste Zehnte für den Landesherrn gelagert wurde. Gerüchten zufolge war die Zahlung auch bar oder in Töchtern möglich, falls man sein Getreide und die Runkelrüben lieber behalten wollte.

Alle Werke hier sind käuflich zu erwerben. Die Preise schwanken zwischen "Ein Quadratmeter Obi-Rauhfasertapete" und "Kriegste auch nen Kleinwagen für". Ob es bereits zu Abschlüssen gekommen ist, vermag ich nicht zu sagen. Man schweigt professionell. Oder betreten. Wer weiß das schon.

Ich bewundere, um die Stille ein wenig aufzubrechen, hörbar die strengen geometrischen Formen und die minimalistische Farbwahl eines der Werke. Die Interpretation von Kunstwerken gehört zu meinen Stärken. Viel lässt sich erraten, manches hineindeuten. In so einen Fluchtwegeplan.

Man versucht, mich mit einem Glas Schaumwein mundtot zu machen. Höflich sind die hier schon. Ich will gerade einen Schluck nehmen, als ich mich in den Nylonfäden des von der Decke hängenden Werkes einer örtlichen Experimentalkünstlerin verheddere. Nabelschnurblut auf grobem Seesand.

Die unschwer an ihrem Namensschild als Erschafferin zu erkennende junge Frau eilt herbei, vermutlich hocherfreut meine Privathaftpflichtversicherung als Käufer für ihr Bild gewonnen zu haben. Auch sie ist ausnehmend höflich, hilft mir auf und fragt, ob ich mir weh getan hätte.

Was war hier los? Versuchsweise breche ich einer lebensgroßen Salzteig-Nachbildung von Rudi Dutschke ein Ohrläppchen ab. Das Knacken hallt durch den Raum, die Anwesenden blicken kurz auf, um sich dann umgehend wieder in angeregte Fachdiskussionen über die Exponate zu vertiefen.

Ein Raunen geht durch die Menge. Ich stehe nämlich plötzlich neben mir. Also, nicht wirklich, aber ein mir hochgradig ähnelnder Mann blickt aus seinem schwarzen Rollkragenpullover erst auf mich, dann auf Rudis Ohrläppchen in meiner Hand, dann auf die Überreste der Nabelschnur.

Man könnte ihn für meinen kultivierten Zwillingbruder halten. Was uns allerdings unterscheidet, ist sein Namensschild. Es weist ihn als hochrangigen Mitarbeiter eines weltbekannten Auktionshauses aus, mit dessen Namen ich aufgrund einer angeborenen Tieäytsch-Schwäche stets hadere.

Zu meinem Glück hatte ich mir vorher die Fluchtwege aus dem Gebäude gründlich eingeprägt. Es gelingt mir, zu fliehen, bevor die Verwechslung aufgeklärt und der Volkszorn entfesselt werden kann. Ich hatte einstweilen die Toleranz der Kunstinteressierten hinreichend strapaziert.

Vor dem Gebäude parkt eine schwarze Limousine, der Fahrer lehnt zeitunglesend am Kotflügel. "Ah. Dachte mir schon, dass das schnell gehen würde. Alles Schund, wie erwartet?" sagt er, ohne aufzublicken.

Ich murmele etwas Zustimmendes und lasse mich von ihm zum Hauptbahnhof fahren, wo ich in der Menschenmenge untertauche.

Mein etwas überhasteter Aufbruch von der Kunstausstellung hatte immerhin den Vorteil, dass ich es rechtzeitig ins „Diana" schaffen würde, um unseren für heute angekündigten hohen Besuch begrüßen zu können. Frohen Mutes betrete ich die Schalterhalle.

Der nächste Zug in meine Richtung, so steht da oben, fährt heute in umgekehrter Wagenreihung, aber dafür zum Ausgleich an einem anderen Gleis ein. Unverständliche Lautsprecherdurchsagen verwirren ortsfremde

Reisende, während fleißige Taschendiebe die Taschen der verzweifelt Lauschenden nach Verwertbarem filzen.

Zwei Bundespolizisten schieben in letzter Sekunde einen herrenlosen Koffer in den abfahrenden Express nach Sankt Florian. Sie halten sich die Hände auf die Ohren, bis der Zug die Bahnhofshalle verlassen hat. Sicherheit und Ordnung sind wiederhergestellt. Beide nicken zufrieden. Käffchen? Käffchen.

Vier Personen im Gleis, eine Weichenstörung, einen Böschungsbrand und eine Erkrankung des Triebfahrzeugführers später werde ich in einen altersschwachen Autobus geschoben, der für Zwecke des Schienenersatzverkehrs das Depot wohl noch ein letztes Mal hatte verlassen dürfen.

Über die Landstraßen schaukelnd und eingezwängt zwischen fremden, ungewaschenen Menschen frage ich mich, ob ich meine Mathehausaufgaben gemacht habe. Alte Reflexe überleben wie zähe Wüstenpflanzen Jahrzehnte im Untergrund der Großhirnrinde, um dann, gewässert durch semitraumatische Erinnerungen, bei günstigen Bedingungen unerwartet auszutreiben.

Ich betrete schließlich geschlaucht und abgehetzt die sündige, aber vertraute Ruhe unseres kultivierten Tempels der Wollust. Es liegen noch ein paar Stunden der Muße vor mir, im Büro Geschäftigkeit zu simulieren, bevor der abendliche Trubel beginnt.

Ich stolpere über ein quer durch den Flur verlegtes Stromkabel.

Ich berappele mich fluchend und folge seinem Verlauf mit den Augen. Es führt zu einem Scheinwerfer, der hier normalerweise nicht hingehört und durch mich in bedenkliches Wanken geraten ist. Mit einem kühnen Hechtsprung kann ich gerade noch verhindern, dass die klobige Leuchte am Stiel umfällt und in unsere Glasvitrine mit dem verkäuflichen Sexspielzeug einschlägt.

Es handelt sich dabei ausschließlich um Kommissionsware vom örtlichen Erotikshop „Joy of Love", vormals „Institut für Ehehygiene". Bella hält nichts von unnötiger Kapitalbindung durch Lagerware mit fraglicher Verkäuflichkeit. Noch weniger, wenn es sich dabei um quietschrosa Gummimösen handelt.

Aber was soll nun diese ungewöhnliche Zusatzbeleuchtung hier? Mir geht schließlich ein Licht auf, stimmt, wir haben ja heute Prominenz zu Gast. Lena steht plötzlich neben mir und reicht mir einen Becher übelriechenden Kräutertees.

„Hier. Das ist ‚Innere Mitte'. Sind von Steffi Graf persönlich bei Mondschein gepflückte Kräuter drin. Den wirst du brauchen."

Ich nehme einen Schluck von dem fürchterlichen Gebräu und verbrenne mir böse die Zunge. Meine verbliebenen Geschmacksknospen vermelden einen subtilen alkoholischen Unterton. Da waren offensichtlich noch andere bei Mondschein produzierte Zutaten drin.

Wer von uns beiden den Baldrian-Aufguss mit Schuss nötiger hat, das würden wir übrigens gleich sehen. Kleiner Tipp: Ich bin es ausnahmsweise nicht.

„Die da, die will ich."

Lena dreht sich verwundert um. Alle Anwesenden heben, je nach ihrer Position in der Hackordnung, erschrocken oder zumindest angemessen verwundert die Köpfe.

Jean-Robert K., ausgesprochen „Dschong Robäär Käy", mit bürgerlichem Namen Hans-Robert Koslowski, einer der aufstrebenden Sterne an unserem hauptstädtischen Modedesignerhimmel, hatte das erste Mal an diesem Tag seine fistelige Stimme erhoben und mit dem nackten Finger auf die angezogene Lena gezeigt.

Die vier anwesenden Profi-Fotomodelle beginnen augenblicklich aufgeregt zu tuscheln. Eine von ihnen versteht anscheinend genügend Deutsch, um das sich gerade entwickelnde, skandalöse Geschehen simultan ins Englische übersetzen zu können.

Zwei weitere dieser hageren Gestalten werden gerade im zur Garderobe umfunktionierten Teambüro mit der für ihren Auftritt nötigen Bemalung versehen. Ich hoffe inständig, dass Bella der Versuchung widersteht, den beiden aus Mitleid eine Pizza zu bestellen. Mit doppelt Käse.

JRK, so kürzt er sich auf seinem recht minimalistisch gehaltenen Logo ab, zeigte eindeutig auf Lena. Allgemeine Verwirrung. Was wollte er von ihr? Für wen hielt er sie? Für eine Prostituierte? Für ein Modell? Das konnte ja heiter werden.

Lassen Sie mich kurz erklären, was JRK und seine knochigen Teenager in unsere bescheidene Hütte verschlagen hatte.

Aus irgendeinem unerfindlichen Grund nämlich hatte der Kundschafter einer weltbekannten Werbeagentur unser kleines Haus der unschuldigen Freuden als Location für ein Fotoshooting vorgeschlagen.

Gehässige Zungen behaupten, er wäre nach ergebnisloser tagelanger Suche niedergeschlagen bei uns eingekehrt, um ein wenig Trost und Zuspruch in den Armen von Katja und Marina zu finden.

Gründlich getröstet und umsatzsteigernd abgefüllt mit unserer Hausmarke hatte er dann sein Handy gezückt und seinem Auftraggeber vermeldet, nach langer und intensiver Prüfung exakt die richtige Örtlichkeit für den als außerordentlich kapriziös geltenden Jungmodeschöpfer und seine Abendgarderobe gefunden zu haben.

Während des Gesprächs musste unser Pfadfinder mehrfach kurz das Mikrofon seines Handys mit der Hand bedecken, weil Katja, nun, sagen wir, mit seiner Kompassnadel spielte. Schließlich lief ja ihr Taxameter und da wollte sie es sich nicht ankommen lassen, unzureichenden Service geboten zu haben.

Er war von seiner eigenen Idee mittlerweile so überzeugt, dass er die Bilder vor seinem geistigen Auge direkt in das Handy hineinsprach. Elegante Abendmode, von der schnöden Welt entrückten ätherischen Modells

vorgeführt in einem authentischen Ambiente von laszi-
ver Sünde und sittlicher Verkommenheit.

Und so war es dann gekommen. Verzweifelte Visagistin-
nen versuchten vergeblich, ahnungslos dreinblickende
Schulmädchengesichter in verruchte Königinnen der
Nacht zu verwandeln. Der Funke weigerte sich aller-
dings beharrlich überzuspringen, denn die gelieferte
Modell-Rohware war wenig königinnengleich.

Eher blass und ungesund sahen sie aus in den teuren
Roben, die ein verzweifelter Couturier-Assi mit Steckna-
deln, Tape und anderen Hilfsmitteln mühevoll an ihnen
befestigte.

Und nun diese Sache mit Lena. Wie sich herausstellt, hat
unser Nachwuchsdesigner ein Faible für den Frauentyp,
wie man ihn in den quasi-dokumentarischen Filmklassi-
kern von Russ Meyer findet. Und Lena fällt als exakter
Gegenentwurf zu einem Heidi-Klum-Hungerhaken eindeutig in sein Beuteschema.

Wobei man sagen muss, dass die neuen Möpse ihr wirklich ausgesprochen gut stehen. Die ersten hatte sie sich
damals, noch während ihrer Tätigkeit als Zeit als Bord-
steinschwalbe, kostengünstig in Osteuropa machen lassen. Sie hatten nun ihren Zweck erfüllt und ihr Studium
finanziert.

Zur Feier ihres BWL-Abschlusses hatte sie sich dann
endlich „richtige" falsche Brüste machen lassen. Weg
mit den Nutten-Titten hatte sie gesagt, her mit den Kar-
rierebrüsten.

Der formende Eingriff im Gegenwert eines Mittel-
klasse-PKW erfolgte in einer noblen Privatklinik am
Chiem-, Tegern- oder Sonstwassee in Oberbayern. Bei
Professor Dr. Dr. Claus-Werner Clausewitz.

Angeblich ein entfernter Verwandter des ollen Clausewitz, Sie wissen schon, der General.

In den geschickten Händen seines Ahnen nun liegt nicht
das Wohl und Wehe der preußischen Armee, dafür aber
hat er die unangefochtene Lufthoheit über die Oberweite der Münchener Schickeria.

„Ist das ein echter Clausewitz?"

Wohl die Society-Lady, die, mit dem Benz unter den
Brüsten in der Bluse, diese Frage mit einem stolzen Nicken beantworten kann.

Aber zurück zu Lena. Die wird, eh sie sichs versieht, in
eine der Abendroben des Modeschöpferlings gesteckt
und siehe da, mit entsprechender Füllung sehen die
schrägen Fummel tatsächlich recht ansprechend aus.

Das stellen anscheinend auch die anderen Models fest
und sehen ihre Felle davonschwimmen. Nicht dass eine
von ihnen echten Pelz tragen würde. Man wird ja sonst
von Gillette nicht gebucht. Alle sprechen durcheinander
in ihre Handys. Mit Manager, Agentur, Mutti, Life
Coach oder dem Fußballstar, dessen Bett sie gerade teilten.

Dem exzentrischen Modemacher ist das alles offensichtlich herzlich wurscht. Er hat nur noch Augen für unsere
Lena. Der Auslöser klickte in einem fort, Lena an der

Stange, Lena auf dem Lotterbett, Lena im Spiegelkabinett, stets in unterschiedliche edle Gewänder gehüllt.

Bella hat derweil die nervige Modellschar mit ein paar Flaschen Hausmarke herunter zu Susi in den Keller gelockt, wo sie jetzt interessante neue Posen kennenlernen, die man bei Germany's Next Top Model nicht mal doppelt verpixelt zeigen würde.

Als ich nach einiger Zeit unten nach dem Rechten sehe, liegen zwei der jungen Dinger bereits schnarchend in Löffelchenstellung auf der Streckbank, der Rest planscht im Zuber der Züchtigung, singt zotige Seemannslieder und lässt sich von Anna einheizen.

Ich habe einen leisen Verdacht, woher sie die Shantys kennen, allerdings keine Ahnung, wie das Quietscheentchen in den Zuber kommt.

Bella und Susi prosten mir grinsend zu. Natürlich nicht mit unserer Hausmarke, der Fusel ist nur für die geizigen Kassenwarte klammer Kreisligavereine. Die Lage scheint mir unter Kontrolle. Ich steige über eine am Boden liegende Mädchenunterhose mit Ernie und Bert-Muster.

Lena schafft es schließlich aufs Cover der Vogue, JRK bis nach Paris und alle Models rechtzeitig in den Kleinbus der Agentur, der sie unverrichteter Dinge wieder abholt. Den Fahrer beneide ich nicht. Können Sie sich vorstellen, wie das riecht, wenn Ihnen sechs besoffene Teenager ins Auto kotzen?

Ein Angebot für einen gutdotierten Model-Vertrag lehnt Lena aber genauso dankend ab wie ich eine Anfrage von Karl Lagerfeld. Angeblich muss er nun die neue Kollektion in einer Ausweich-Location vorstellen. Haute Couture in einem Konzertsaal? Ich bitte Sie. Da liegt ein Puff ja wohl deutlich näher.

Kapitel 15 – Wenn die Rosen erblühen...

Bei Ali Gelati, dem kosovarisch-libanesischen Besitzer der örtlichen original italienischen Eisdiele, herrscht heute Hochbetrieb. Eine siebenköpfige Motorradgang holt sich Eis in der Waffel und setzt sich provokativ an Tische für "nur mit Bedienung".

Alis Oberkellner Dragan ist ein Veteran der Balkankriege. Gerüchten zufolge verfügt er über eine ansehnliche Sammlung abgeschnittener Ohren. Welcher Volksgruppe Dragan bzw. die Ohren zugehörig sind, konnte allerdings nie vollständig geklärt werden.

Der Anführer der Biker, vermutlich ein Zahnarzt aus Bergedorf, wird nach einigen geflüsterten Worten von Dragan sehr blass um die Nase. Artig schieben die Lederkluft-Träger ihre Stühle an die Tische und trollen sich zu ihren Mopeds. Dragan bringt meinen doppelten Espresso.

Wie jedes Jahr hat Ali neue Hochglanz-Speisekarten mit poppig bunten Stockfoto-Eisbechern, die mit den bei ihm erhältlichen weder von der Optik noch von ihren Komponenten her in einem erkennbaren Zusammenhang stehen.

Eine ganze Seite ist nun seinem Angebot an Allergenen gewidmet.

Ich bestelle zwei Kugeln Malaga, die Spezialität des Hauses. Eigentlich mag ich ja gar keine Rosinen, diese kleinen schrumpeligen Klöten. Bei Ali jedoch wird der Traube a.D. die ihr schnöde entzogene Feuchtigkeit liebevoll zurückgegeben. In Form von unverschnittenem Jamaica-Rum.

Vollgesogen mit der verflüssigten Sonne der Karibik, die über wogendem Zuckerrohrfeld so reichlich ihre wärmende Dividende ausschüttete. Und nahezu wieder in alter, praller, runder Form wie dereinst im Weinberg, als der weise Winzer sie las und wog.

Und sie, als für schmackhaften Wein ungeeignet befunden, mitleidlos dem Einkäufer der Rosinenfirma auslieferte.

Worauf wollte ich hinaus? Ach ja. Malaga ist nicht übel hier. Dragan serviert mir meine Portion und begrüßt mich wie einen alten Bekannten. Was auch nur angemessen ist, bedenkt man die vielen Stunden, die ich frierend an seinem Schwenkgrill auf dem Weihnachtsmarkt zubrachte.

Wie jedes Jahr überprüfe ich die Speisekarte routiniert auf Schreibfehler.

Wie jedes Jahr wettet Ali eine Flasche Grappa, dass ich keine finde.

Ich habe nun sieben Flaschen Grappa zuhause. Unangebrochen. Denn blind kann ich ja keine Tippfehler in Alis Eiskarten mehr finden.

Ich persönlich vertrete ja die Theorie, dass die Firma, die in Deutschland das Monopol auf Speisekarten italienischer Eisdielen hat, entsprechende Fehler absichtlich einbaut. Von wegen der Authentizität. Ach guck mal, die sind frisch aus Bella Italia. Da muss das Eis ja gut sein.

Von meinem Eisbecher tropft, dem Sommerwetter geschuldet, etwas geschmolzenes Malagaeis auf die Tischplatte aus theoretisch abwischbarem Marmorsurrogatextrakt. Ich brauche 14 wasserabweisende Miniaturservietten aus dem praktischen Spender, um den erbsengroßen Klecks aufzuwischen.

Zwei Tische weiter sitzt ein schlaksiger Jüngling vor einem Coppa Grande Amore für zwei Personen.

Gerade hat ihn seine Freundin abserviert zugunsten des Roadies einer Thrash Metal Band, die mal im Vorprogramm einer Band gespielt hat, die beinahe mal in Wacken aufgetreten wäre.

Der derart schnöde Verlassene schwört hier und jetzt die Gründung eines milliardenschweren IT-Imperiums. In zehn Jahren wird er die Firma aufkaufen, in der der Roadie als Hausmeister arbeitet und ihn auf die Straße setzen.

Grimmig entschlossen löffelt er auch die zweite Kirsche.

Seine Angebetete hingegen wird in Kürze die ernüchternde Erfahrung machen, dass sie und der Roadie deutlich unterschiedliche Vorstellungen davon haben, was sich hinter dem Satz "Ich nehm dich dann mal backstage" verbirgt.

Zwei Touristinnen aus dem Rheinland erproben ihr durchaus passables Italienisch an Dragan. Sie scheitern kläglich. Dragan spricht zwar mehr Sprachen als Kara Ben Nemsi, die italienische gehört aber dummerweise nicht dazu. Ich überlasse die Damen mitleidlos ihren Selbstzweifeln.

Dragan scheint ein Auge auf eine der beiden Frauen geworfen zu haben. Er blickt auf ihren Tisch wie Menelaos auf das belagerte Troja und denkt sich, wie dereinst sein altgriechischer Vorgänger, "Die Olle hol ich mir".

Er wechselt zu gebrochenem Deutsch mit italienischem Akzent.

"Ah bella signorina" hört man ihn flöten.

Ich sehe die beiden Frauen unterm Tisch Händchen halten.

Genau wie für Menelaos, der am Ende eines fürchterlichen Gemetzels nur ein Trugbild Helenas nach Hause schleppt, sieht die Sache für Dragan nicht wirklich erfolgversprechend aus.

Dragan ist in der Welt der griechischen Helden- und Göttersagen nicht allzu bewandert und lässt sich daher trotz meiner die Aussichtslosigkeit seines Ansinnens andeutenden Handbewegungen von einer Annäherung an die beiden Signorinas nicht abhalten.

Mein Malagaeis schmilzt weiter.

Mir gegenüber nimmt ein Pärchen um die 60 Platz. Ich vertiefe mich in die Speisekarte, denn der weibliche Teil des Paares hat wohl bedauerlicherweise mit altersbedingter Zerstreutheit zu kämpfen und heute Morgen vergessen, Unterwäsche anzuziehen. Sie zwinkert zutraulich herüber.

Dragan ist die gut belüftete rallige Dame, die gerade zum dreißigsten Male 30 geworden ist, nicht entgangen.

Er kommt grinsend an meinen Tisch und fragt scheinheilig, ob ich vielleicht einen Pflaumenschnaps will.

Sie schraubt derweil lasziv ihren Lippenstift raus und wieder rein.

Ich sinniere fieberhaft über eine Möglichkeit, den postmenopausalen Paarungsdrang der Lady einem guten Zweck zuzuführen und sie mit der brodelnden Kraft jugendlicher Lenden zusammenzubringen, die ein paar Meter weiter an der elften von zwölf Kugeln des Coppa Amore herumwürgt.

Ich wittere meine Chance, als der unglückselige Gatte, vermutlich mit altersgerechter Libido ausgestattet, auf seinem Kunstlederstuhl hin- und herrutscht und schließlich seufzend aufsteht, die von der Last der Jahre und einer vergrößerten Prostata gedrückte Blase zu erleichtern.

Doch bevor ich einen teuflischen Plot in Gang setzen kann, die nymphomane Dame und den trübsinnigen Jüngling zu verkuppeln, hat die entschlossen ihren Lippenstift beiseitegelegt und stattdessen das Heft des Handelns in die Hand genommen. Sie winkt Dragan. Er eilt sofort dienstbar und mit versteinerter Miene herbei.

Die Ereignisse überschlagen sich jetzt. Der zugunsten eines Musikergehilfen schnöde verlassene Knabe verlangt die Rechnung. Und Dragan legt mir unauffällig eine mit zierlicher Frauenschrift versehene Papierserviette auf den Tisch.

Ich trans- und konspiriere simultan. Jetzt ist gutes Timing alles. Ich bewege Dragan dazu, dem Jungen neben der Rechnung auch den an mich gerichteten Zettel mit Kussmund und Vermerk "Damentoilette. In 5 min. Lass mich nicht warten." zu überreichen. Ich zahle vorsorglich mein Eis.

Der Gatte hat seinen Besuch bei der Firma Villeroy und Boch erfolgreich hinter sich gebracht. Ich hoffe, das auf seiner Hose sind Wasserflecken vom Händewaschen. Seine Frau steht nun auf und verschwindet im Dunkel der Eisdiele. Zwei Minuten später folgt ihr der verlassene Knabe.

Ich schleiche mich von dannen, die Entwicklung aus sicherer Entfernung zu beobachten. Dragan poliert versonnen ein Tablett. Unauffällig behält er die Geschehnisse im Auge. Würde es zum Eklat auf dem Damenklo kommen und der Jüngling dort eine traumatische Erfahrung machen?

Nach über 10 Minuten erscheint zunächst die Dame wieder. Sie streicht ihr Sommerkleid glatt und setzt sich. Ihr Mann blickt von der Zeitung auf, ich höre ihn ziemlich laut fragen "Hast du Verstopfung oder was?".

Ein zerzauster junger Mann wankt hinter ihm in Richtung Parkplatz.

Im Bäckerladen treffe ich das Pärchen etwas später wieder. Wir stehen gemeinsam vor dem Tresen, als sie auf mich zeigt und freundlich lächelnd zu der Verkäuferin sagt "Der junge Mann da kommt als nächstes dran".

Ich bedanke mich und kaufe nachdenklich zwei Mohnbrötchen.

Als ich aus dem Geschäft auf die Straße trete, empfängt mich eine Geräuschkulisse, die an Filme wie "Apokalypse Now" erinnert. Doch statt eines Geschwaders Walküren in Kampfhubschrauber reitet die graubärtige Harleygang des Bergedorfer Zahnarztes auf ihren fetten Hockern vorbei.

Als ich nach einigen Minuten mein Gehör zurückgewinne, höre ich zweierlei. Einen Säugling, der lauthals aus seinem Kinderwagen herauskräht. Und eine dazugehörige junge Frau, die mir vage bekannt vorkommt. Sie spricht Rätselhaftes in ihr Handy. Hamburg Bertha Zwo Zwo Sechs Acht.

"Verdammte Saubande, der Kleine hatte gerade geschlafen." Da ist aber jemand mächtig sauer. Sie nimmt das schreiende Bündel aus dem Wagen.

Und mir fällt ein, woher ich die übernächtigte Mutter kenne.

Ohne ihre Uniform hätte ich Polizeimeisterin Jutta Schuster fast nicht erkannt.

Kennen Sie noch die TV-Serie "Rauchende Colts"? Vermutlich nicht. Aber lassen Sie mich Ihnen versichern, dass am Ende jeder Folge Marshal Matt Dillon aufrecht stand und die Bösewichter den Staub von Dodge Citys Hauptstraße schlucken mussten.

Ob Sheriff Jutta auch einen Fuzzy hat?

Jemand hupt. Das hatte es damals in Kansas nicht gegeben. Es ist Bella, in ihrem rollenden Rundling aus Wolfsburg. Sie parkt im absoluten Halteverbot. Polizeimeisterin Schuster zieht eine Augenbraue hoch. Genaugenommen befinden sich drei Räder im Halteverbot. Eines steht auf dem Bordstein. Zumindest halb.

Das vierte Rad am Wagen rutscht jetzt mit einem Geräusch, in dem sich das Leid von Gummi und das Sterben einer Alufelge mischen, im Zeitlupentempo an der Bordsteinkante herab. Ich ziehe auch eine Augenbraue hoch.

Hinter Bella trötet ein Linienbus, der wegen ihr nicht durchkommt. Ich beeile mich, ins Auto zu kommen und lasse mich auf den Beifahrersitz fallen. Mit quietschenden Reifen verlassen wir, unter dem wachsamen Auge des weiblichen Dorfsheriffs, fluchtartig den Ort des Geschehens.

Ich berichte Bella im Auto die Geschichte von der lüsternen Dame in der Eisdiele. Sie guckt mich schräg von der Seite an. Als könnte ich was für meine Wirkung auf reife Frauen.

Warum ich Bella das überhaupt erzähle? Na, weil wir uns eigentlich immer alles erzählen. Genaugenommen erzähle ich ihr immer alles und hoffe, dass sie mir nicht allzu viel verschweigt. Aus dem Autofenster sehe ich, wie unter den wachsamen Augen eines Uniformierten ein schweres Motorrad auf einen Anhänger geladen wird.

Wir fahren plötzlich in Schlangenlinien. Was zum Teufel war in Bella gefahren? Sie lenkt mit nur einer Hand, das heißt, falls sie nicht gerade schalten muss, dann ist es noch eine weniger. Mit der anderen nestelt sie unter ihrem Kleid herum.

Ich beginne zu ahnen was sie vorhat. Gerade öffne ich den Mund, um etwas zu sagen, da betätigt sie leicht spöttisch grinsend den elektrischen Fensterheber. Das auf der Beifahrerseite öffnet sich, frischer Fahrtwind zerzaust mein Haupthaar. Ich spucke eine kleine Fliege aus.

„Oh. Mist. Moment."

Von solcherlei kleinen Unwägbarkeiten lässt sich eine Bella nicht aufhalten. Mein Fenster fährt sirrend wieder hoch, das auf der anderen Seite öffnet sich. Sie hat irgendetwas in der linken Faust, hält diese zum Fenster heraus und öffnet sie. Irgendetwas wird vom Winde verweht.

„Soso. Du stehst also auf reifere Frauen ohne Unterwäsche."

Wie in ihrem kleinen, teuflischen Drehbuch vorgesehen, verwirbelt die hereinströmende Luft ihr Kleid. Jeder Zweifel, dass das eben ihr Höschen gewesen war, das vom Winde verweht wurde, sind nun zerstreut. Nicht, dass ich noch welche gehabt hätte.

Nun muss man dazu wissen, dass Bella durch und durch pragmatisch und sparsam veranlagt ist. Heute Morgen hatte sie mir noch erzählt, dass einer ihrer Lieblings-Tangas („total bequem und trotzdem sexy") wohl den Weg allen Irdischen würde gehen müssen. Aber einmal ginge er noch.

Den kleinen Stunt eben hätte sie mit neu erworbenen und/oder hochpreisigen Dessous jedenfalls garantiert nicht einmal erwogen. Ein wenig frivol ist ja nett, aber man muss doch bitte dabei die wirtschaftliche Vernunft wahren.

In solchen Momenten schlagen dann nämlich immer ihre schwäbischen Gene ungebremst durch. Denen verdankt sie übrigens auch ihren entzückenden Restakzent. Und eine Vorliebe für Trollinger, jener württembergische Rotwein aus einer Traube mit dem kuriosen Namen „Black Hamburg".

Gell, hier lernen Sie noch was fürs Leben. „Black Hamburg" wird fast überall als Tafeltraube verzehrt. Außer in Württemberg halt. Allerdings dringt kaum ein Viertele aus dem Land heraus, man schlotzt es dort bevorzugt selber.

Black Hamburg heißt die Traube übrigens nicht, weil der daraus gewonnene Wein einen feinen fischigen Abgang oder einen Nachhall von Brackwasser aufweist. Nein, über Hamburg gelangte sie einst in die weite Welt. Was immer sie da wollte.

Bella amüsiert sich über meine weit aufgerissenen Augen. Sie mag meine Reaktionen auf sich, auch wenn sie das natürlich niemals zugeben würde. Ich bringe es nicht fertig, sie jetzt zu enttäuschen und schnöde auf die Blaulichter hinzuweisen, die ich im Rückspiegel entdeckt habe.

Die kurz aufheulende Polizeisirene hinter uns, mit der der verzweifelte Ordnungshüter versucht, Bellas Aufmerksamkeit zu erregen, ist dann leider nicht mehr zu ignorieren. Gehorsam bringt sie den Wagen in einer Busbucht zum Stehen. Ob ich ne Ahnung hätte, was die von ihr wollten?

Ich fürchte, ich habe da einen Verdacht, zucke aber vorsichtshalber nur mit den Schultern. Durch das Seitenfenster spricht jemand zu uns und verlangt Führerschein und Fahrzeugschein. Bella angelt nach ihrer Handtasche auf dem Rücksitz und gewährt ungewollt sittenwidrige Einblicke.

Der Polizist schüttelt verwundert den Kopf, bleibt aber höflich. Er bittet Bella freundlich aber bestimmt, doch mal kurz auszusteigen.

Ob sie eventuell in letzter Zeit von Substanzen gekostet habe, die eventuell unter das Betäubungsmittelgesetz fielen? Oder dem Branntwein zugesprochen vielleicht? Sie verneint empört. Und wie er denn wohl auf so etwas derart Abwegiges käme.

Bella muss die in solchen Fällen übliche Übung absolvieren und tänzelt albern auf einer weißen Linie herum.

„Sie nehmen das hier nicht besonders Ernst, kann das sein?

Ich bewundere den Langmut des Wachtmeisters, zupfe unauffällig eine Damenunterhose vom Scheibenwischer seines Streifenwagens und lasse sie in meiner Hosentasche verschwinden.

Schließlich lässt er uns weiterfahren. Bella amüsiert sich köstlich und gesteht, dass sie ja doch insgeheim auf eine Leibesvisitation gehofft hatte. So ohne was unten drunter, das macht sie immer ganz kribbelig. Vor allem, wenn keiner davon weiß.

Ich ziehe ihren Tanga aus der Tasche, lasse ihn an meinem Zeigefinger baumeln und berichte süffisant, wo mein Fundstück herstammt. Süß. Sie wird rot. Und ein wenig wütend.

„Gib her." Sie greift nach dem winzigen Stückchen Baumwolle. Der neuerlich aus ihrer hektischen Bewegung resultierende Schlenker auf die Gegenfahrbahn resultiert in einer ganzen Kette von Ereignissen, von denen Bella und ich, im Gegensatz zu Ihnen, lieber Leser, nie erfahren werden.

Ein entgegenkommender altersschwacher Kleintransporter, ausweislich des altmodischen Namenszuges der Firma „P. Amsel & Sohn – Bedachungen" gehörend, weicht uns aus und gerät dabei auf den grobgeschotterten Seitenstreifen.

Die daraus resultierenden Stöße veranlassen die, von Azubi Anton unter Außerachtlassung elementarster Regeln der Ladungssicherung, auf der Pritsche verstaute Schubkarre sich todesmutig ihren Weg in die Freiheit zu suchen. Sie stürzt sich über die Ladekante auf den Asphalt.

Am Steuer flucht Pauline Amsel, die Seniorchefin. Sie hatte das Debakel im Rückspiegel beobachten müssen. Der unglückselige Auszubildende Anton sitzt neben ihr, im dritten Lehrjahr und mit schlagartig noch weniger Aussicht, übernommen zu werden. Er bereut gerade, geboren worden zu sein.

Schulbusfahrerin Martina Lehmann sieht ein Hindernis auf der Straße und steigt in die Eisen. Das schon etwas in die Jahre gekommene Pennälertransportvehikel kommt ächzend nur Millimeter vor der flüchtigen Schubkarre zum Stehen.

Hinten im vollbesetzten Bus wird der schüchterne Gymnasiast Alex wild durch die Gegend geworfen. Er hat Glück im Unglück und landet mit der Nase im durchaus ansehnlichen Dekolleté seiner Mitschülerin Lea, Schwarm der gesamten Klassenstufe. Und von Musiklehrer Reinhold May.

Alex kann allerdings die Tatsache, sich, wenn auch mit einer eher unkonventionellen Extremität, in der Bluse einer jungen Dame zu befinden, nicht zu seinem Vorteil ausnutzen. Ein vernichtender Blick von Lea und seine Entjungferung schiebt sich ein weiteres Jahr in die Zukunft.

Weniger weich als Alex fällt Roberta, ein unscheinbares Mädchen aus der Parallelklasse. Sie kriecht nun zwischen festgetretenen Kaugummis auf der Suche nach ihrer Brille über den schmuddeligen Busboden, als vor ihren zusammengekniffenen Augen etwas Weißes, Fluffiges herabfällt.

Bei dem ansonsten glimpflich verlaufenen Zusammenstoß mit Alex hatte es nämlich einen Kollateralschaden gegeben. Lea bemerkt, dass ihre Oberweite plötzlich ein wenig ungleich ist und blickt sich suchend um. Unter ihrem Fuß knirscht etwas.

Roberta hält nun ihre zertretene Brille und das mopsaufmöbelnde Pölsterchen von Lea in der Hand. Ihre Blicke treffen sich. Die Spannung ist mit Händen zu greifen. Ein Bitchfight liegt in der Luft. Statische Elektrizität lässt die Haare des nebenan sitzenden Sechstklässlers Jakob zu Berge stehen.

Roberta zwinkert und reicht Lea unauffällig das entwichene Busenersatzmaterial, die es umgehend in der geräumigen Jackentasche ihres Vintage-Parkas verschwinden lässt. Was Oma einst in Wackersdorf trug, wird offenkundig heute beim Kleiderkreisel wieder hoch gehandelt.

„Tut mir leid wegen der Brille."

„Macht nix, die war sowieso hässlich. Vielleicht krieg ich jetzt endlich Kontaktlinsen."

Wir wissen nicht, ob dies der Beginn einer wunderbaren Freundschaft ist. Würden wir uns mit dieser Thematik nämlich eingehender beschäftigen, dann verpassten wir eventuell einen Showdown, den man früher in Cinemascope und Eastmancolor verfilmt hätte.

Vom wütenden Gehupe der anderen Autofahrer gänzlich ungerührt steigen gerade Dachdeckermeisterin Pauline und Busfahrerin Martina aus ihren Fahrzeugen. Sie gehen langsam aufeinander zu, ältere Semester unter uns erinnert die Szene stark an die Schießerei am O.K. Corral.

Würde der Ausgang hier vergleichbar blutig sein wie weiland achtzehneinundsechzig im malerischen Städtchen Tombstone?

Martina Lehmann krempelt die Ärmel hoch. Auf ihrem rechten Unterarm erkennt man eine verwaschene Tätowierung. Ein Anker als Erinnerung an ihre Tage als Matrosin auf dem Atomeisbrecher „Arktika" in der südlichen Barentssee.

Das waren heiße weiße Nächte mit Alexej Gregoriwitsch gewesen, dem ersten Offizier. Und mit Mischa, dem zweiten. Dann waren da noch Pjotr, der Maschinist sowie Viktor, seines Zeichens Meteorologe. Und natürlich Olga, Ingenieurin und nicht nur geschickt im Umgang mit Kernbrennstäben.

Kennen Sie Susan Travers? Das ist die erste und bisher einzige Frau, die in der französischen Fremdenlegion gedient hat. Pauline Amsel war die erste Meisterin der hiesigen Dachdeckerinnung und daher vergleichbar hart im Nehmen. Und braungebrannt als hätte sie in einem Wüstenfort gedient.

Sie stampfen unaufhaltsam aufeinander zu wie diese zwei Dampflokomotiven auf eingleisiger Strecke, die man aus alten Schwarzweißfilmen kennt. Nur dass man hier keine Lokführer im letzten Augenblick vor dem großen Knall aus dem Führerstand springen sieht.

„Könnt Ihr Euren Scheiß nicht festbinden? Ich hab den Bus voller Kinder."

„Blas dich mal nicht auf, ist ja nix passiert."

Die Dachdeckerin bückt sich nach der Schubkarre, um sie wieder aufzuladen.

„Das ist alles? Nicht mal ‚Entschuldigung' oder so?

„Ich kann doch nix dafür, da kam uns irgend so ein Penner entgegen." Sie lädt das Corpus Delicti in aller Seelenruhe wieder auf. Und fängt sich einen Tritt in den Hintern ein, der sich gewaschen hat.

„Sach ma!" Sie berappelt sich in Rekordzeit und schubst ihre Kontrahentin, wodurch die ihrerseits auf dem Allerwertesten landet. Was dann folgt, ähnelt am ehesten einer Mischung aus fernöstlicher Kampfkunst, griechischrömischem Ringen und klassischer Kneipenschlägerei.

Am Straßenrand tuscheln der in Liebesdingen unkundige, aber durchaus geschäftstüchtige Gymnasiast Alex und Azubi Anton, der eher ein Händchen fürs Kartenals fürs Dachpfannenlegen hat, miteinander. Sie nehmen Wetten der zahlreichen Zuschauer auf den Ausgang des Kampfes an.

Beide würden in wenigen Jahren zusammen ein überaus erfolgreiches Online-Wettportal gründen, bei dem man vom Kreisliga-Laufentenrennen in der Provinz Guangdong bis zum Damen-Schlammcatchen in der Klasse bis

Körbchengröße Doppel-D in Huntsville, Alabama, auf alles setzen kann.

Aber das wissen die zwei natürlich jetzt noch nicht. Und wir, wenn ich daran erinnern darf, eigentlich auch nicht.

Es zeichnet sich nun zwar eine leichte Präferenz zugunsten der seetauglichen Busfahrerin ab, aber für ein Urteil ist noch zu früh, so ein Kampf geht über 12 Runden. Mindestens.

„Schluss jetzt!"

Unerwartet schreitet der Ringrichter ein. Der Streifenpolizist, von dessen kundigen Händen an ihren Lenden Bella grad noch geträumt hatte, war hinter uns hergefahren. Eigentlich nur, um Bella ihren Führerschein zurückzugeben, den sie in der Aufregung bei ihm vergessen hatte.

Unversehens musste er nun hier schlichtend und im Sinne des ungehinderten Verkehrsflusses auf dieser wichtigen ortsverbindenden Straße tätig werden. Zum Glück ahnt er nichts vom Zusammenhang zwischen der Schubkarre und Bellas Unterwäsche.

„WASN?" Pauline tropft etwas Blut von der Unterlippe, Martinas Hemd ist an der Schulter aufgerissen. Beide sind über die Störung etwas ungehalten, was darin resultiert, dass unser wackrer Ordnungshüter nun zwei harmonisch auf die Farbe seiner Uniform abgestimmte Veilchen hat.

Er tut das einzig Richtige und entscheidet sich für den taktischen Rückzug. Im sicheren Streifenwagen greift er zum Funkgerät. Martina kniet unterdessen auf Paulines Brust und verabreicht ihr Ohrfeigen.

Der Kampf wogt hin und her, die Einsätze steigen, die Quoten schwanken, der Rückstau beträgt nun in beide Richtungen etwa 5 Kilometer. Nochmal so viel und er schafft es als Verkehrsmeldung ins Radio.

Bella und ich sind ein paar Kilometer weiter in einen Seitenweg eingebogen, um uns in Ruhe, nun sagen wir, auszusprechen. Ein bisschen wundere ich mich, als nacheinander vier Streifen- und zwei Rettungswagen in die Richtung rasen, aus der wir gekommen sind.

Dann wende ich mich wieder den praktischen Aspekten der Tatsache zu, dass Bella keine Unterwäsche trägt. Entschuldigen Sie mich jetzt, für den BH-Verschluss brauche ich beide Hände.

Kapitel 16 – Unorganisiertes Verbrechen

Das Telefon auf meinem Schreibtisch klingelt. Eine mir unbekannte Nummer wird angezeigt, Berliner Vorwahl, kann also nichts Wichtiges sein. Unbedarft gehe ich ran. Es ist Manuel. Manuel, der Pechvogel. Habe ich Ihnen von dem schon erzählt? Nein?

Manuel ist genial. Wirklich. Ein Tüftler und Erfinder sondergleichen. Doch fürs Geschäft ist er in etwa so begabt wie ein Huhn zum Autofahren. Immer wenn er versucht, eine seiner Idee in klingende Münze zu verwandeln, geht todsicher gewaltig etwas schief.

Mal verbaselt ein schusseliger Patentanwalt eine wichtige Anmeldefrist und ein amerikanischer Weltkonzern verdient Millionen mit Manuels Entwurf. Mal geht ein illoyaler Chefentwickler mit allen Plänen stiften, gründet ein eigenes Unternehmen, bringt es an die Börse und schickt jetzt regelmäßig Postkarten aus Barbados.

Dann wiederum wird ein gerade fertiggestellter Prototyp Opfer einer plötzlichen Bodensenkung, weil die Firma auf einem bis dato unbekannten, riesigen Bunker aus der Nazi-Zeit errichtet worden war.

Die dort für den Fall Grau, eine eventuelle Machtübernahme durch vegane Wehrkraftzersetzer, eingelagerte Wehrmachtsleberwurst hatte nach 70 Jahren ein Eigenleben entwickelt und beschlossen, ihre blecherne Heimat zu verlassen. Schlagartig.

Können Sie sich vorstellen, was passiert, wenn zwanzigtausend Konservenbüchsen, mehr als ein halbes

Jahrhundert über dem Mindesthaltbarkeitsdatum, zeitgleich in die Luft fliegen? Glauben Sie mir, das Gewölbe, in dem sie lagerten, hielt dieser Vorstellung genauso wenig stand wie Sie.

Die teure, kurz vor der Einsatzreife stehende und absolut revolutionäre Maschine versank darauf in einer Mischung aus durch ein gebrochenes Abwasserrohr eingedrungene Kloake und fermentierten großdeutschen Schweineinnereien. Die Investoren sprangen ab. Mit zugehaltener Nase.

Jenem Manuel nun hatte ich vor einiger Zeit für eine neue, fabulöse Idee einen potenten Investor vermittelt. Und zwar „Papa", den netten Gangsterboss von nebenan, bei dem ich bekanntlich seit einiger Zeit einen Stein im Brett habe. Die Sache mit Madame Sofie, Sie erinnern sich.

„Ist der bescheuert? Oder lebensmüde?" dürfte jetzt Ihre naheliegende Frage lauten. Mitnichten, wäre meine Antwort. Denn Papa sucht stets nach todsicheren Investitionsmöglichkeiten für größere Beträge, deren Quellen er, sagen wir, dummerweise vergessen hatte dem Finanzamt offenzulegen. Kann ja jedem mal passieren, nicht wahr?

Todsicher heißt in diesem Fall, dass der Tod des Unternehmens, in das investiert wurde, garantiert sein musste, denn nur über eine Firmenpleite ließen sich aus schwarzer Mark sauber gewaschene Euros in der Insolvenzmasse zaubern.

Der Doktor, Papas Consigliere, hatte mir das zugrundliegende Prinzip mal in allen Einzelheiten erklärt. Verschiedene Holdinggesellschaften, Verlustverrechnungen und mittendrin das eine oder andere Jungfrauenopfer hatten darin eine Rolle gespielt.

In einem seltenen Anflug von Weisheit hatte ich daraufhin beschlossen, alles sicherheitshalber sofort wieder zu vergessen. Und das sollten Sie lieber auch.

Papas Killer sind zwar absolute Profis, aber ohne Betäubung die Zunge mit einem rostigen Taschenmesser herauszuschneiden zu bekommen, ist und bleibt eine eher unangenehme Erfahrung. Zumal sie dann Ihren Angehörigen zugesandt wird. Unfrei. Während Sie längst Schweinefutter sind.

Aber lassen wir diese eher unschönen Seiten des Geschäfts beiseite. Meine Rolle ist nämlich, das werden Sie sich angesichts meiner komplett fehlenden kriminellen Energie schon gedacht haben, eine absolut harmlose. Dachte ich jedenfalls bis heute.

Ich suche für Papa nach aussichtslosen Investments, in die man mindestens siebenstellige Beträge bequem versenken kann. Damit ist quasi die gesamte Berliner Startup-Szene interessant, außer den paar Anfängern, die meinen, mit ein paar Hunderttausend auszukommen.

Bisher war er mit meinen Diensten immer hochzufrieden, eine Hipster-Bude nach der anderen tritt den Weg zum Insolvenzrichter an. Dank meiner Verbindungen in die Hauptstadt schaffen wir es mühelos, Million um Million zwischen Neukölln und Spandau zu versenken.

Alles lief bis dato wirklich hervorragend. Solange nur eben kein Investment einen Gewinn abwirft. Und jetzt ruft Manuel an. Dem ich aus alter Freundschaft auch ein Milliönchen von Papa zugeschachert hatte, vollkommen überzeugt davon, dass dieses Geld zum Fenster herausgeworfen war.

Manuel ist aufgekratzt wie ein Fünfjähriger unterm Weihnachtsbaum. Er hat gerade seine Firma verkauft. An einen potenten Investor aus dem Reich der Mitte. Und ich solle mich festhalten. Mit richtig fettem Gewinn." Er redet weiter, ich höre aber nur Rauschen. Entweder es ist das Blut in meinen Ohren oder Fahrtwind.

Ich werde blass. Sehr blass. Bella schaut besorgt zu mir herüber. Manuel interpretiert meine temporäre Wortlosigkeit als Zeichen ungebändigter Freude.

„Ja. So hab ich auch erstmal reagiert. Bis demnächst dann, alter Freund, bin auf ner Probefahrt im Cabriooooo."

Klick. Die Leitung ist tot. Und ich vermutlich auch bald.

Einige Minuten lang starre ich schweigend vor mich hin. Das ist der Zeitpunkt, an dem sich Bella ernstlich Sorgen um mich zu machen beginnt.

Gerade will ich ihr meine verzweifelte Lage erläutern, als das Telefon schon wieder klingelt. Diese Nummer kenne ich allerdings. Es ist Carlotta, Papas langgediente Sekretärin. Ihre Stimme klingt ungewohnt ernst.

Ich möge doch bitte umgehend zu ihm ins Büro kommen, solle sie von Papa ausrichten. Es ginge um etwas sehr Wichtiges. Nein, Näheres könne sie mir leider auch nicht sagen.

Ach, und ob ich vielleicht zufällig eine Rolle von diesen großen, schwarzen Müllsäcken hätte. Ja, die besonders reißfesten. Genau die. Sie bräuchte dann nicht noch extra zu Budni.

Ich torkele benommen aus dem Chefbüro. Ein wenig frische Luft täte mir jetzt gut.

Der ganz normale betriebliche Wahnsinn umgibt mich. Lena hadert am Telefon lautstark mit einer freiberuflichen Domina über einen unberechtigten Vorsteuerabzug. Kerkermeisterin Susi steht neben ihr und nickt zustimmend.

Vorsteuerabzüge sind ihr ziemlich egal, aber diese Zicke hatte ihre Neunschwänzige ruiniert. Sie hatte die gut gebrauchte Achtschwänzige dann zwar noch zu einem guten Preis an irgendeinen Perversling bei eBay verhökern können, aber hier ging es schließlich ums Prinzip.

Britney streitet mit unserem Spirituosenlieferanten über das fragwürdige Echtheitszertifikat der letzten Wodkarechnung, das sich als kyrillische Betriebsanleitung für eine Waschmaschine entpuppte.

Britney heißt in Wirklichkeit Irina und wurde in Wolgograd geboren, was ihr makelloses Russisch erklärt. Sie spätaussiedelte in den Neunzigern mit ihren Eltern, die nach längerer Suche endlich einen deutschen Großvater im Stammbaum entdeckt hatten.

Sein Nachname war Spiers gewesen, sehr zur Freude der kleinen Irina, die ihren Allerweltsvornamen nie wirklich gemocht hatte.

Türsteherin Margot bittet mich, Pfefferspray nachzubestellen. Das Gute aber, nicht wieder diesen Billigplunder.

Margaux, ihre zur Zeit bei uns hospitierende französische Namensvetterin, bietet mir einen Blowjob an, weil ich so traurig aussehe. Sie fängt sich eine Kopfnuss von Bella ein und verschwindet beleidigt. „Isch abe es nur gut gemeint".

Bella bugsiert mich sanft aber bestimmt den Flur entlang und zum Haupteingang hinaus. Die Sonne blendet mich. Sie nimmt meine Hand und führt mich hinter das Haus, wo ein kleiner Bachlauf lauschig plätschert. Es hat eben auch Vorteile, sein Gewerbe in der Pampa auszuüben.

Wir setzen uns auf den kleinen Holzsteg, von dem früher Bachsaiblinge und Forellen geangelt wurden, bevor man sich hier dem fachgerechten Ausnehmen zahlungskräftiger, zunächst fast ausschließlich männlicher Kundschaft zugewandt hatte.

Ach wie friedlich es hier ist. Gut, der Wäschelieferant hupt gerade wie ein Berserker, um auf sich aufmerksam zu machen und das große Außenteil unserer neu installierten Klimaanlage springt alle paar Minuten mit elchartigem Röhren an, aber man hat hier etwas Ruhe vor der Welt.

Wir blicken beide eine Weile schweigend auf den plätschernden Bachlauf. Natur pur. Schön. Eine leere Spülmittelflasche treibt vorbei, ein Fahrradhelm, zum Glück ohne Inhalt, eine Discounter-Plastiktüte und ein toter Frosch mit aufgeblähtem Bauch. Kennen Sie noch „Am laufenden Band"? Nein? Egal. Es kam sowieso kein Fragezeichen.

Also berichte ich Bella nun von Manuels vermeintlich froher Botschaft und die von Carlotta übermittelte Vorladung. Sie begreift den Ernst der Lage sofort. Niemand will Papas Zorn erregen, auch wenn er sich uns, als „Friends of Sofie", gegenüber bisher immer äußerst freundlich gezeigt hat.

Sie erinnern sich an Sofie? Haupteigentümerin des „Diana", Immobiliengroßmogulin und erste und einzige große Liebe von Papa, der wir einen Rückzug aus dem anstrengenden Puffmutterbusiness ermöglicht hatten? Ah. Dachte ich mir. Sofie vergisst man nämlich nicht so leicht.

Wie zum Teufel hatte Papa dermaßen schnell von der Sache erfahren? In spätestens einer Stunde würde ich bei ihm antreten müssen und ich hatte nicht die geringste Entschuldigung für mein Versagen vorzubringen. Denn in seinen Augen hatte ich versagt.

Einerseits hatte ich ihm vermutlich Geld eingebracht. Andererseits gegen seinen ausdrücklichen Auftrag geschäftlichen Erfolg erzielt, und Insubordination konnte

Papa auf den Tod nicht ausstehen. Disziplin hält den Laden zusammen, hatte er mir mal erklärt. Bei den Marines wie bei der Mafia.

Ach Manuel, in was hast du mich da nur hineingeritten. Da vertraut man einmal jemandem, der weiß, wovon er spricht, sein Geld an, statt hippen Kreuzberger Schwätzern mit Fahrradhelm und schon vermehrt es sich. Ohne vorher zu fragen.

Bella rückt näher an mich heran. Sie flüstert mir etwas ins Ohr. Mein männliches Gehör ist problemlos in der Lage, alle Umgebungsgeräusche herauszufiltern, als es erkennt, um welches Thema es geht.

Wir stehen auf und gehen gemeinsam zurück ins Haus. Wenn Bella sagt, es macht sie irgendwie ziemlich heiß, mit einem Mann ins Bett zu gehen, der von Mafiakillern gejagt wird, wer bin ich, ihr diesen Wunsch abzuschlagen. Der ja sowieso vermutlich auch mein letzter gewesen wäre.

Kapitel 17 – Gangsterbosse und Gummitiere

Kennen Sie die Firma „Universal Exports"? Nein? Sie sind kein großer James-Bond-Fan, vermute ich. Papa hingegen schon.

Und so wie sich im Filmklassiker hinter diesem harmlosen Firmennamen der verborgen agierende MI6 verbirgt, so dient die „Universal Export GmbH" als blütenweißes und legales Deckmäntelchen für all die verwerflichen Geschäfte, in denen Papas Unterweltimperium seine schmutzigen Finger hat.

Er erzählt heute noch gern davon, wie er dereinst am Set von „Die Unbestechlichen" neben Sean Connery am Pinkelbecken gestanden hatte. Er war seinerzeit von den pragmatischen Filmproduzenten als kompetenter Berater verpflichtet worden, um mit seiner Fachkenntnis die blutigen Gemetzel möglichst lebensnah inszenieren zu können.

In seinen Kreisen war man von der Akkuratesse bezüglich der Auswahl der richtigen Maschinengewehrtypen, Kaliber und Fahrzeuge sehr angetan. Kaum jemand hat ja heute noch Sinn für eine kultivierte Schießerei.

Gestandene Gangsterbosse hingegen wischten sich bei der Filmpremiere verstohlen ein Tränchen aus dem Auge „Guck, der da an der Wand, der zweite von links, das war mein Opi. Gleich kriegt er eine Kugel in die Milz, bevor ihm die Cops die Eier wegschießen."

Er erhielt zwar auch von anderer Seite einhelliges Lob für seine Arbeit, durfte aber nach einem Einspruch des FBI im Abspann dann doch nicht genannt werden. Er trauert deswegen bis heute.

Mit wabbeligen Knien stehe ich also nun mit einer Rolle schwarzer Müllsäcke in der Hand vor Carlotta, Papas Miss Moneypenny. Sie mag mich sonst eigentlich ganz gerne.

Heute jedoch wirkt sie genauso verschlossen wie das Bonbonglas, in das ich sonst mindestens einmal reingreifen darf, um mir eins von den Fruchtgummis in Form von kleinen Maschinenpistolen oder Handgranaten herauszufischen. Die roten Bömbchen mag ich am liebsten, die schmecken nach Himbeere.

Sowas wollen Sie auch? Kriminelles Naschwerk? Ich kann Ihnen da bezüglich der Bezugsquelle weiterhelfen. Papa hatte nämlich kurz nach der Wende einst für kleines Geld die Mehrheit an der Ostdeutschen Dauerlutscherwerke GmbH bei Magdeburg von der Treuhand übernommen.

Dabei war er weniger an den Dauerlutschern interessiert, er ist da eher der Lakritztyp, als an den hochmodernen Verpackungsmaschinen, mit denen große Mengen präzise abgewogener Gummibärchen in kleine Tüten verpackt werden konnten.

Die Magdeburger hatten sich nämlich schon in den 80er Jahren auf essbare Werbegeschenke spezialisiert. Das Fruchtgummikombinat „Roter Lutscher" war dadurch

zu einem der wichtigsten Devisenbringer der dahinsie-
chenden DDR geworden.

Natürlich hatte es seitens der skeptischen SED-Parteilei-
tung gewisse Bedenken gegeben. Ausgerechnet Werbegeschenke an den Westen liefern und kapitalistische
Konzerne damit noch in ihrem wirtschaftlichen Wohler-
gehen fördern?

Argumentativ gewitzt hatte eine Magdeburger Delega-
tion beim Zentralkomitee dann auf den hohen Zucker-
gehalt in ihren Produkten hingewiesen und dargelegt,
dass, wenn der erwartete Sieg der proletarischen Weltre-
volution vor der Tür stand und es zum letzten Gefecht
käme, der Klassenfeind zahnlos dastünde.

Mit dem Mauerfall waren dann die guten Zeiten der üp-
pig fließenden Westmark vorbei. Ungewohnter Konkur-
renzdruck, steigende Rohstoffkosten und die plötzliche
Nachfrage nach veganem Naschwerk stellten die Dauerlutscherwerke vor existenzielle Herausforderungen.

Kurz vor der Pleite hatte dann ein potenter Investor, ich
vermute, Sie ahnen bereits, von wem ich rede, aus dem
Westen zugeschlagen und die Fabrik übernommen.
Papa ersetzte das unfähige Management durch zuverläs-
sige eigene Leute und sanierte den maroden Laden.

Für die Rettung der Arbeitsplätze in der strukturschwa-
chen Region erhielt er, neben üppigen Subventionen,
auch noch die Ehrenbürgerwürde und ewige Dankbarkeit der örtlichen Bevölkerung.

Das Kennzeichen seines Maserati ist bei der örtlichen Bußgeldstelle als „Einsatzfahrzeug" hinterlegt. Sollte er also mal wieder mit 220 über sachsen-anhaltinische Landstraßen brettern, so tut er dies automatisch im Dienst der guten Sache und von schnöden Geschwindigkeitsbegrenzungen und ihren unangenehmen Konsequenzen unbehelligt.

Nun liefen also die Maschinen wieder. Tagsüber plumpsten wie eh und je elastische Gummitiere in die Tütchen und nachts, ebenso präzise abgezählt, eine andere Sorte Drops, zu deren Gunsten man eigentlich nur sagen kann, dass sie garantiert keine Gelatine enthalten.

Morgens verteilt dann eine Flotte von Lieferwagen die Tages- und die Nachtproduktion in westdeutschen Großstädten. Warum „westdeutschen"? Natürlich wird auch Berlin beliefert, aber dort ist man von sich selbst so berauscht, dass auch die Nachtschicht nur Gummidrops in die für die Hauptstadt bestimmten Beutelchen einfüllt. Man schlägt auf diese Weise gleich drei Fliegen mit einer Klappe. Das Rohmaterial ist billiger, Polizeirazzien in Clubs verlieren ihren Schrecken und besser als Partydrogen schmecken die Gummibonschen allemal.

Wie ich hinter die ganze Sache gekommen war? Na, jedenfalls nicht, weil Papa mich eingeweiht hätte. Von dessen sinistren Machenschaften will ich eigentlich nur so viel wie zwingend erforderlich wissen.

Nein, es begann alles damit, dass ich eines Abends im Büro des „Diana" saß und mich durch einen monströsen Berg liegengebliebener Abrechnungen arbeitete.

Eine gewisse Unterzuckerung brachte mich dazu, das Büro nach Essbarem zu durchwühlen. Ich stieß auf ein paar Tütchen mit speziell für uns angefertigten Gummibären. Speziell in dem Sinne, dass es sich angesichts ihrer Anatomie zweifelsfrei um Gummibärinnen handelte.

Ein bei unserer eher simpel gestrickten männlichen Kundschaft sehr beliebtes Werbegeschenk, das wir natürlich auch bei Armin bezogen, Sie wissen ja, unserem Hauslieferanten für jeglichen PR-Krimskrams. Ich riss den Beutel auf und warf mir begierig den Inhalt in den Rachen. Pfui Teufel, die schmeckten ja absolut widerlich.

Allerdings erfüllten sie ihren Zweck, die Arbeit ging mir flott von der Hand, ich erledigte in Rekordzeit, was zu erledigen war und noch ein bisschen mehr. Danach fiel ich noch morgens um fünf wollüstig über die erstaunte, aber angesichts der Uhrzeit überraschend aufgeschlossene Bella her.

Nach dem Frühstück, bestehend aus einer Portion Rührei, für die eine Legebatterie in der Straußenfarm eine Sonderschicht hatte fahren müssen, schleppte ich mich schließlich mit letzter Kraft zum Sofa, brach erschöpft zusammen und verfiel in sonores Schnarchen.

Meine daraufhin angestellten Nachforschungen brachten mich schnell darauf, was sich wirklich in dem Beutel befunden hatte. Und wer Armins Lieferant war.

Und schließlich, dass es aufgrund eines Defektes in Verpackungsautomat vier, das ist der ganz hinten in Halle 2, zu einem sogenannten Hänger gekommen war. Ein

Nachtschichttütchen hatte sich irgendwo verkeilt und war dann unbemerkt in die Tagesproduktion geraten. Und zusammen mit vielen harmlosen, wenn auch etwas obszönen, Gummiviechern schließlich bei uns gelandet.

Ich bin mir ziemlich sicher, dass ich bei einer eventuellen Razzia der Drogenfahndung im „Diana" mit dieser Geschichte nicht sehr weit gekommen wäre.

Carlotta jedenfalls lotst mich dropslos und wortkarg an drei wartenden Halbweltfiguren vorbei direkt in Papas Büro. Die harten Typen, die bisher jeder wortlos und grimmig vor sich hingestarrt hatten, gucken mir hinterher. Ein Anflug von Mitleid liegt in ihrem Blick.

„Du hast es schon gehört?" beginnen wir unisono das Gespräch.

Ich lasse ihm respektvoll den Vortritt. Zu meinem großen Erstaunen fällt er nicht gleich mit der Tür ins Haus und nennt mir meinen Termin beim Scharfrichter, sondern erzählt ausschweifend von der Einsamkeit, für die der Mann doch eigentlich nicht geschaffen sei.

Seine Frau Dolores, Sie wissen schon, die, die er als junger Mann aus dynastischen Erwägungen heraus hatte statt Sofie heiraten müssen, war vor zwei Jahren von einem Heimatbesuch in Kolumbien nicht zurückgekehrt, wo ihre Familie, nun, sagen wir, Pflanzungen besitzt.

Genau weiß ich es auch nicht, aber gewissen Andeutungen zufolge war sie Opfer eines Querschlägers geworden. Eine kleinere geschäftliche Auseinandersetzung mit einer im gleichen Gewerbe tätigen anderen

Familienfirma war wohl etwas südamerikanisch-temperamentvoller ausgefallen als geplant.

Es gibt eben Unternehmen, für die trotz seines in diesem Falle etwas irreführenden Namens nicht das Kartellamt, sondern eine andere Bundesbehörde zuständig ist. Auf jeden Fall ist Papa seitdem Witwer. Und fand gerüchtehalber hin und wieder ein wenig wohlverdienten Trost bei einer alten Freundin.

Wann kommt er auf den Punkt, frage ich mich, mühsam meine Nervosität unterdrückend.

Schließlich rückt er raus mit der harten, entsetzlichen Wahrheit.

„Sofie und ich, wir werden heiraten.“

Das ist nett und ich freue mich auch für ihn, aber deswegen hat er mich ja sicher nicht herbestellt. Ich gratuliere herzlich, wünsche alles erdenklich Gute und bin fast ein wenig enttäuscht, dass ich die Trauung ziemlich sicher nicht mehr werde miterleben können.

„Und jetzt fragst du dich sicher, warum ich dich hergebeten habe.“

Natürlich frage ich mich das nicht, höflich bestätige ich aber diese Annahme durch ein Kopfnicken.

Es gäbe da nämlich, beginnt er seine Ausführungen, so ein paar Probleme. Und da käme ich ins Spiel. Ich schlucke. Meine Kehle ist trocken wie der Rinderbraten bei Tante Gerda.

Zum einen wären da die Kinder. Er meint Judith, genannt Judy, seine Tochter und ihren kleinen Bruder Yannick.

Beide sind lange aus dem Haus, aber offensichtlich wenig amüsiert, dass ihr Vater, statt sich traditionsgemäß von einem jüngeren Konkurrenten dahinmetzeln zu lassen, plötzlich einen zweiten Frühling erlebt und am Ende noch ihr Erbe mit irgendeiner Hergelaufenen durchbringt.

Und dann das Problem mit Sofie selbst. Meine Güte, der strapaziert meine Geduld. So viel Smalltalk, bevor er dann endlich zu meiner Exekution kommt.

Sofie jedenfalls besteht anscheinend darauf, dass sich Papa von allen Geschäften trennt, den auch nur ein Schatten der Illegalität anhaftet. Was so ziemlich alle sein dürften. Eine Gangsterbraut, nein, das wollte sie auf ihre alten Tage nicht mehr werden. Papa blickt mich unglücklich an.

Ein Telefonanruf verschafft mir eine kleine Atempause. Papas Büro und seine Leitungen sind abhörsicher nach militärischem Standard, trotzdem verlässt er sich lieber auf gute alte Codeworte. Er stellt auf Lautsprecher und lässt mich mithören.

Was es für mich nicht leicht macht, dem Gespräch zu folgen. Wenn ich es richtig verstand, beschwerte sich der Gebietsleiter für Urkundenfälschung Südostasien, ansässig in Hongkong, bitterlich, dass er seit der letzten Umstrukturierung jetzt an das Regionalbüro in Singapur berichten muss. Und dass die da zwar vielleicht von

Piraterie und Menschenschmuggel was verstünden, aber nie und nimmer etwas von den Feinheiten einer südkoreanischen Geburtsurkunde.

Papa hört sich geduldig das Klagen an, stimmt mal zu, rät mal zur Geduld, droht, lockt, verspricht und schmeichelt. Management, so erkenne ich, war doch im Wesentlichen ein Handwerk und in allen Branchen irgendwie sehr ähnlich.

Papa legt auf, schüttelt den Kopf, wirft zwei Tabletten zur Regulierung seines Magensäurepegels ein und wendet sich wieder mir zu. Was er denn nur tun solle, die Firma sei doch sein Lebenswerk.

Ja, und was hab ich damit zu tun? Wie sollte ich ihm bei dem Schlamassel behilflich sein? In genau diesem Augenblick finden sich in meinem Gehirn zwei Synapsen und feiern eine kleine Party zum Anlass meiner plötzlichen Erleuchtung. Vielleicht hätte ich da doch eine Idee.

Ich frage ihn, ob er sich an Manuel erinnert. Ach ja, das wäre dieser Trottel, dem alles schiefgeht, ich hätte da mal von erzählt. Und hatten wir da nicht auch investiert? Sei er mittlerweile pleite?

Ich verneine und sage „im Gegenteil". Papas Blick durchbohrt mich. Was hatte ich gerade gesagt. Jetzt galts. Entweder, ich bin genial. Oder bald tot. Immerhin lässt er mich ausreden und holt nicht die 45er aus der mittleren Schreibtischschublade. Er drückt stattdessen knisternd zwei weitere hellgrüne Magenpillen aus dem Blister.

„Du brauchst doch" beginne ich meine Ausführungen „für ein neues Leben mit Sofie sicherlich ein gewisses Startkapital?". Er nickt. Natürlich. Sofie war sehr wohlhabend, aber er wollte sich wohl kaum von ihr aushalten lassen. Soweit käme es noch. Ausgerechnet er.

Ob denn so 50 Millionen vielleicht ausreichen würden? Er grübelt. Ja, knapp, das ginge schon irgendwie, man müsste sich halt diesen oder jenen Luxus vom Munde absparen, aber das täte schon reichen. Wieso ich fragte?

Ich erläutere die heutige Meldung von Manuel, von der er, wie ich erst jetzt erfahre, noch nichts wusste. Meine Vorladung hatte ausschließlich private Gründe gehabt. Papa hört aufmerksam zu. Er ist ein ausgekochter alter Fuchs und begreift umgehend, worauf ich hinauswill.

Er denkt ein Weilchen nach und sagt nichts. Dann steht er auf, geht um seinen Schreibtisch und legt seine schwere Hand auf meine Schulter.

„Du bist wie der Sohn, den ich nie hatte."

Er sagt es sehr salbungsvoll aber leider auf Serbokroatisch, daher habe ich keine Ahnung, ob er grad eine finstere Drohung gegen mich und meine Nachkommen bis ins siebte Glied ausgestoßen oder eine Bemerkung über das Wetter gemacht hat.

Zum Glück wiederholt er den Satz dann auf Deutsch. Verwundert erinnere ich ihn an Yannick, seinen wirklichen Sohn. Ach der, sagt er, dem hatte das familiäre Unterweltimperium nicht ausgereicht, der wollte bei den ganz großen Gangstern mitmischen.

Ich nicke verständnisvoll.

„Investmentbanker?"

„Investmentbanker."

Ich wusste, dass Yannick in London wohnte, aber nicht, dass er es in der Welt der Halsabschneider und Oberschurken so weit gebracht hatte.

Papa griff zum Telefon. „Doktorchen, kannst du mal kurz zu uns raufkommen? Ja? Danke. Bis gleich."

Ein paar Minuten später steht der Doktor, Papas rechte Hand in allen kaufmännischen Angelegenheiten, im Büro und begrüßt mich herzlich. Zwar mach Lena bei ihm schon länger keine Hausbesuche mehr, dafür hat sie ihm eine wirklich interessante Dame namens Petra vorgestellt.

Aber das ist eine andere Geschichte. Der Doktor jedenfalls hört sich unseren Bericht über den unerwarteten Geldsegen und Papas Überlegungen, die dunkle Seite der Macht zu verlassen, geduldig an, nickt nur ab und an und stellt ein, zwei Nachfragen. Er überlegt kurz.

Ja, wir hätten Glück, in diesem Falle wäre es relativ simpel, die gewonnen Milliönchen komplett auf der legalen Seite des Business zu verbuchen, man müsste allerdings wohl, er verzog das Gesicht als hätte er in eine Zitrone gebissen, ein paar Steuern zahlen.

Aber Papa wäre dann ein seriöser Herr mit weißer Weste und erklecklichem Vermögen, ganz sauber durch den Verkauf einer Unternehmensbeteiligung erworben und könnte sich mit allem Komfort zur Ruhe setzen. Und bis ans Ende ihrer Tage mit Sofie Luxuskreuzfahrten machen.

Bliebe natürlich die Frage der Nachfolgeregelung für den großen Rest des Geschäfts. Den Teil, den das Tageslicht nur gelegentlich mal kurz streift, und der wie bei einem Eisberg im Normalfall unterhalb der Wasserlinie verborgen ist.

Yannick schied dafür, wie schon erwähnt, bedauerlicherweise aus, obwohl er genügend Gewissenlosigkeit und Menschenverachtung mitbrächte. Und Judith? Sie macht irgendwas mit Medien und lebt in einer Feministinnen-WG in Berkeley. Das wäre auch eine verdammt harte Nuss.

Ivo? Nein wirklich nicht, der war einfach zu nett. Und eine Tranfunzel. Und darüber hinaus in seinem Job als Briefträger geachtet und hochzufrieden.

Beide gucken mich so komisch an. Nein. Wirklich nicht. Ich fühle mich zwar über alle Maßen geehrt, aber nein, danke. Und für eine Adoption, die für den Einstieg ins Familiengeschäft unabdingbar sei, stünde ich auch nicht zur Verfügung.

Außerdem haben, und da bin ich mir absolut sicher, weder Judith noch ich an einer strategischen Eheschließung, der anderen verbleibenden Option, irgendein Interesse. Und Bella auch nicht.

Ich verspreche den beiden, mir ein paar Gedanken bezüglich der Nachfolgesituation zu machen und ziehe mich auf diese Weise erstmal aus der Affäre.

Und dann kommt mir die rettende Idee. Um mit Yoda zu sprechen: „There is another Skywalker" murmele ich. Eingeweihte ahnen, worauf ich hinauswill. Trekkies, Muggel und leider auch Papa, der in beide Gruppen fällt, müssen sich noch ein, zwei Kapitel gedulden.

Beim Hinausgehen fällt mir dann noch etwas ein.

„Weswegen hattest Du mich eigentlich hergerufen?"

Papa stutzte. Natürlich. Das hatte er ganz vergessen bei all der Aufregung. Sofie und er hätten da noch eine klitzekleine Bitte an Bella und mich. Wirklich, nichts Großes.

Sie wollten die Hochzeitsfeier nämlich gerne im „Diana" abhalten. So 300 Gäste. Wäre doch sicher kein Problem. Und übernächsten Monat solle es sein.

Als ich Papas Büro verlasse, stopft Carlotta mit Tränen der Wut in den Augen gerade eine große Yucca-Palme in einen der von mir mitgebrachten Müllsäcke.

„Ich kann die nicht mehr sehen, steht immer nur da und guckt mich so hämisch an."

Mir wird schlagartig der Grund für Carlottas heutige miese Laune klar. Sie hatte Papa, den sie jahrzehntelang angehimmelt hatte und dessen intimste Geheimnisse sie teilte, erst an Dolores und nun auch noch an Sofie verloren.

Und die arme Palme musste es jetzt ausbaden. So läuft das nun mal in einem Büro, man lässt seine Wut auf den Boss an wehrlosen Rangniedrigeren aus

Kapitel 18 – Treulich geführet

Der auffällig unauffällige, dunkelblaue Mittelklasse-Kombi blockiert unsere Zufahrt, weswegen der Blumenlieferant nicht durchkommt. Ich bitte die beiden Damen vom BKA, die heute Dienst haben, doch umzuparken. Ihre Kollegen von der Drogenfahndung haben gleich Schichtwechsel, dann wird ein günstigerer Parkplatz frei.

Der Blumenwagen gehört gemäß der Liste, die ich von Francesca, der Hochzeitsplanerin, bekommen habe, zum FBI. Wer Geldfälscher jagt, der kennt sich halt gut mit Blüten aus. Humor haben die ja, die Amis, denn die Tischwäsche liefert uns passenderweise deren Money Laundering-Team.

Ich bin ausgesprochen froh, dass wir Francesca haben. Sie entstammt selber einer angesehenen kalabrischen Sippe, hatte sich aber, statt in das Familienunternehmen einzusteigen, auf die generalstabsmäßige Planung von gesellschaftlichen Großereignissen spezialisiert.

Die geschäftlichen Verbindungen ihres Vaters, seiner Brüder, Onkel und Neffen waren ihr dabei durchaus gelegen gekommen. Denn auch bei Unterwelts wird natürlich geheiratet und es gibt hin und wieder ein Dienstjubiläum zu zelebrieren.

Oder die zwölfte Entlassung aus dem Gefängnis, was man halt so feiert in ganz normalen Familien. Sie kennen das.

Zusammen mit ihr haben wir generalstabsmäßig alles vorbereitet. Sie ist hochprofessionell, extrem gut vernetzt und hat ihr Team bestens im Griff. Dabei bleibt sie stets charmant und allzeit fröhlich. Sofern allerdings etwas nicht nach ihrem Plan lief, hat man besser eine sehr gute Ausrede parat.

Es war nämlich eine Bedingung ihres besorgten Vaters gewesen, dass das Kind eine solide Ausbildung machte, bevor es in die weite Welt hinauszog. Sie hatte also brav zunächst die Auftragskillerlaufbahn eingeschlagen. In ihrer Fachrichtung „Tötung mit bloßen Händen" war sie Jahrgangsbeste gewesen.

Muss ich erwähnen, dass Bella und sie sich von Anfang an blendend verstanden?

Wir haben das gesamte Hotel „Eichengrund" vier Wochen lang exklusiv für die Hochzeitsgäste und ihre Begleiter gebucht. Hotelchefin Claudia hatte mich vor Dankbarkeit heftig abgeknutscht, was ihr einen bitterbösen Blick von Bella eingetragen hatte. Und mir eine Woche ohne Sex.

Im Haupthaus sind die eigentlichen Gäste untergebracht, den Westflügel bewohnt der Tross von Lakaien, Personenschützern und anderen Erfüllungsgehilfen. Der Ostflügel hingegen ist für die versammelten Ordnungshüter aus aller Welt reserviert, die das Treffen observieren.

Das hoteleigene Konferenzzentrum steht allen Gruppen offen. Ein derartiges Gathering mit Experten aller Fachrichtungen findet ja nicht allzu oft statt, man nutzt, wie in allen Branchen üblich, die Gelegenheit zum Vernetzen, zum gepflegten Gespräch unter Kollegen und für One-Night-Stands.

In der Hotel-Lobby findet sich ein Infostand des Zeugenschutzprogramms neben dem eines Herstellers von Schutzwesten der allerhöchsten Sicherheitsklasse. Fachbesucher von diesseits und jenseits der Legalität zeigen reges Interesse.

Ein kleiner Handelsvertreter führte neben dem Aufzug zum Wellnessbereich eine Innovation auf dem Gebiet der Schalldämpfer vor. Nur gelegentlich hört man ein ganz leises „Fulp", wenn sich im Rahmen einer Produktdemonstration wieder ein Projektil in die Deckenverkleidung der Halle bohrt.

Ein Europol-Seminar über „Kronzeugenregelungen im internationalen Vergleich" ist gut gebucht, ebenso wie die Informationsveranstaltung für, sagen wir, an einem attraktiven Nebenverdienst interessierte Staatsdiener.

Mobilfunkanbieter informieren über den Netzausbau in der näheren Umgebung von Gefängnissen, ukrainische Inkassobüros protzen mit ihren Erfolgsquoten und eine professionelle Autolackiererei bietet Rundumservice inklusive gefälschter Wunschkennzeichen und gefülltem Getränkehalter.

Auch Anwaltskanzleien preisen ihre Dienste an. Wir hatten natürlich zuerst gewisse Bedenken, ob dieser skrupellose Berufsstand neben all den ehrbaren Menschenhändlern, Drogenbaronen und Geldwäschern nicht das Niveau der Veranstaltung herunterzieht. Nach kontroverser Diskussion hatten wir die Advokaten schließlich zugelassen. Lenas Argument, dass das Geld, mit dem ihre Honorare beglichen wurden, ja schließlich durchweg aus ehrbaren illegalen Geschäften stammte, hatte niemand etwas entgegenzusetzen gehabt.

Man geht grundsätzlich sehr professionell miteinander um. Teams von Elektronikspezialisten beider Seiten ver- und entwanzen abwechselnd Zimmer von interessanten Persönlichkeiten, treffen sich in ihrer knappen Freizeit am Pool oder unternehmen gemeinsame Ausflüge ins Umland.

Selbstverständlich gilt ein allgemeines Fraternisierungs-verbot, aber „Frater" heißt schließlich Bruder, was also den Austausch von Erfahrungen und gegebenenfalls Körperflüssigkeiten mit Mitgliedern des anderen Ge-schlechts schon mal nur unwesentlich einschränkt.

Und auch ansonsten gilt, wo ein Wille ist, da ist auch ein Gebüsch. Oder ein etwas lauschigeres Plätzchen für ein Schäferstündchen. Erwähnte ich schon mal, dass Bella und ich das Wohnmobil aus steuerlichen Gründen ab und an vermieten? Nun, die letzten Wochen ist es durchgehend hervorragend gebucht gewesen.

Lediglich die Stoßdämpfer muss ich vermutlich dem-nächst mal nachsehen lassen.

Natürlich bleiben bei so einer Massenveranstaltung klei-nere Zwischenfälle nicht aus, zumeist gelingt es aber, sie ohne großes Aufsehen zu regeln.

Ein ortsbekannter Autodieb beispielsweise hatte den Fehler begangen, sich auf dem Hotelparkplatz am Lieblings-Ferrari von Don Giulio zu schaffen zu machen. Papas Security-Team kümmerte sich schnell und unauffällig um den nicht nur unorganisierten, sondern auch unbegabten lokalen Kleingangster.

Goldfroh, relativ unbeschadet aus der Sache herausgekommen zu sein und fachgerecht verpackt, war er dann den zuständigen Behörden übergeben worden. Ein handgeschriebenes Geständnis all seiner seit dem 14. Geburtstag begangenen Taten war an sein rechtes Ohr getackert. Damit es nicht verlorenging, vermute ich.

Hoffen wir für ihn, dass er eine gute Berufsunfähigkeitsversicherung hat, denn für seine fünf gebrochenen Finger gibt es zwar eine recht gute medizinische Prognose, doch die zur Ausübung seiner bisherigen Profession nötige Beweglichkeit werden sie wohl nie wiedererlangen.

Eine versehentlich zugeschlagene Autotür war ihm zum Verhängnis geworden, ein bedauerlicher Unfall. Das bestätigen unabhängig voneinander drei absolut seriöse Zeugen. Und natürlich er selber.

Für die eigentliche Hochzeitsfeier wurde hinter dem „Diana" auf der Kuhwiese von Bauer Jupp eine ganze Stadt aus Festzelten aufgebaut. Denn, das wissen Einheimische, die einzige Möglichkeit, in unseren Breiten für eine Open-Air-Veranstaltung die Gnade des Wettergottes zu erhalten, ist, sie komplett indoors zu planen.

Die als Windschutz aufgestellten Glaswände halten nebenbei auch einem Beschuss mit schweren

Maschinenwaffen bis Kaliber 20mm stand. Schön, wenn man sich zugleich gegen die Unbilden des Wetters und die Launen von militanten Mitbewerbern schützen kann.

Man mag jetzt die auf dem Dach positionierten Männer mit den schultergefeuerten Stinger-Raketen gegen Angriffe aus der Luft ein wenig übertrieben finden, aber sollte Davos mal von einer Lawine verschüttet werden, wir hätten einen alternativen Austragungsort für den Weltwirtschaftsgipfel anzubieten.

Bei einem kleinen, intimen Probeessen für vierzig engste Freunde der Familie im Ballsaal des Hotels „Eichengrund" hatten Hannelore, unsere Küchenchefin, und ihr ehrgeiziger Bruder Jean-Jacques, der übrigens eigentlich Johann heißt, ihre kulinarischen Fähigkeiten unter Beweis stellen dürfen.

Unsere Gaumen wurden von insgesamt 15 Gängen gekitzelt, die jeweils abwechselnd von einem der beiden verantwortet wurden. Ältere unter uns erinnern sich vielleicht noch an die SALT-II-Verhandlungen im Kalten Krieg. Die waren Kinderkram gegen den geschwisterlichen Abstimmungsprozess über die Menüfolge.

Jean-Jacques wurde von seiner Schwester in Grund und Boden gekocht. Er zog sich mit tief verletztem Ego und Patisserie-Praktikantin Erika in seine Finca auf Mallorca zurück, wo er sich nun seine Wunden leckt.

Ob Erika auch irgendwas leckt? Bitte? Wie sind Sie denn drauf?

Der große Tag naht. So nach und nach sind alle Gäste eingetroffen, das „Eichengrund" brummt wie ein geschäftiger Bienenstock. Beim Hotelfriseur sitzen ein afghanischer Opiumhändler und Sechs-Finger-Fred, Kronprinz des organisierten Verbrechens in Chicago, einträchtig nebeneinander.

Sie meinen, so jemand müsste Vier-Finger-Fred heißen, weil er vermutlich mal bei einer zünftigen Messerstecherei des Daumens verlustig gegangen wäre? Sie sehen zu viele Gangster-Filme. Sechs Finger sind einfach das Ergebnis eines etwas ausgedünnten Genpools unter amerikanischen Mafiosi.

Man konnte eben schlichtweg niemandem mehr trauen, außer gerade noch den Verwandten. Jahrzehntelange Unterwanderung durch fruchtbare verdeckte Ermittler hatte zwar den schlimmsten Auswirkungen dieser Inzucht entgegengewirkt, das Grundproblem blieb jedoch bestehen. Es fehlte an frischem Blut.

Nicht dass davon, schon rein berufsbedingt, zu wenig floss. Aber geeignetes Heiratsmaterial für den anspruchsvollen Nachwuchs zu finden, das wurde von Jahr zu Jahr schwieriger. Weswegen Fred hier auf der Hochzeit so nebenbei auch selber auf Brautschau war.

Der freundliche Afghane im Friseursessel neben ihm, dem gerade eine ganze Matratzenfüllung aus dem üppigen Vollbart geschnitten worden war, hatte ihm eine von seinen 13 Töchtern angeboten. Das Foto, das er dabei hatte, zeigte leider nur ihre Augen. Die waren allerdings sehr hübsch. Was der nette Herr aus der Mohnfachhandelsbranche allerdings verschwieg, war der

keineswegs ausschließlich religiöse Grund für die Voll-
verschleierung. Sondern die in seiner Familie sehr ausge-
prägte Veranlagung zu starkem Bartwuchs, die auch vor
den weiblichen Mitgliedern nicht haltmachte.

Und haben Sie eine Ahnung, wie teuer es ist, wenn man
Marken-Rasierklingen für 14 Familienmitglieder einkau-
fen muss? Genau genommen war das für ihn der Grund
gewesen, von konventionellen Hackfrüchten auf Schlaf-
mohnanbau umzusteigen.

Aber das würde jeder, der es laut aussprach, mit einer
durchgeschnittenen Kehle bezahlen. Genug rostige Ra-
sierklingen für einen möglichst grausamen Vollzug dieser Bestrafung hatten sich bei ihm zuhause jedenfalls an-
gesammelt.

~

Am Springbrunnen in der Lobby, für den eine ortsan-
sässige Künstlerin einem konservierten Stück Mooreiche
Lokalkolorit in der etwas unglücklichen Form eines was-
serspeienden Ebers abgerungen hatte, steht Francesca.
Sie redet wild gestikulierend auf Norman, den Hoch-
zeitsfotografen, ein.

Er gilt als einer der Besten und Erfahrensten seiner
Zunft, dennoch wartet er jetzt wie ein Schuljunge neben
dem grenzdebil sabbernden Schwarzkittel aus Totholz.
Die Hochzeitsplanerin hält ihm einen Vortrag darüber,
wer auf jeden Fall mit aufs Bild muss. Das kennt er
schon. Und wer auf keinen Fall mit aufs Bild darf. Das
war neu.

Und auch, dass das Nichtbefolgen dieser freundlich gemeinten Ratschläge mit einer drastisch verkürzten Lebenserwartung einherging, die er auch durch sofortiges Konvertieren vom Ketten- zum Nichtraucher nicht würde ausgleichen können.

Norman macht ein ausgesprochen verkniffenes Gesicht. Ich kann von Ferne nicht beurteilen, ob Francescas Gardinenpredigt oder das harntreibende Plätschern des potthässlichen Springbrunnens dafür ausschlaggebend ist.

Wieso von Ferne? Ich hatte zufällig im Konferenzraum „Auerhahn" vorbeigeschaut, in dem die provisorische Einsatzzentrale des Sicherheitsteams eingerichtet worden war. Bildschirme, Kabelwülste, gedämpftes Licht, von hier hat man immer alles im Blick. Auch das Verhängnis, das seinen Lauf nimmt.

Zwei Monitore neben dem mit dem harngedrängten Fotografen sehe ich nämlich Sofie und Bella im Wintergarten vertraulich miteinander reden. Irgendein Instinkt gibt meinen Nackenhärchen den Befehl, sich aufzurichten.

„Können wir da mal näher rangehen?" frage ich heiser einen der hornbebrillten Techniker, die noch dabei sind, das komplexe System feinzutunen. Klar, können wir. Und sogar mit Ton.

Was ich zu hören bekomme überrascht zum einen durch die glasklare Tonqualität des verwendeten Hochleistungsmikrofons. Und zum anderen durch seine

Brisanz. Das letzte verschlafene Nackenhaar steht jetzt auch stocksteif da.

Ich wanke aus der Tür zurück in die Hotelhalle. Francesca sieht mich und ich weiß jetzt, was Nachtgespenst auf Italienisch heißt. Il fantasma. So sähe ich nämlich aus. Dabei wäre doch gar nicht ich der Bräutigam, nicht wahr.

Sie lacht herzlich über ihren eigenen Scherz, gibt mir einen freundschaftlichen Klaps auf den Rücken und zieht ihrer Wege, bereit, irgendwo die nächste kleinere oder größere prämatrimoniale Katastrophe niederzukämpfen.

Mein Entschluss steht. Sollte ruchbar werden was ich vorhabe, könnte mich vermutlich auch Papas schützende Hand nicht vor dem mordlustigen Mob retten. Vermutlich wäre er sogar der erste, der mir mitleidlos ein großkalibriges Geschoss in den Balg jagen würde.

Aber hier ging es um Höheres. Weitaus Höheres. Nationale Sicherheit? Quatsch. Sie sehen zu viele schlechte amerikanische Serien. Es geht um mich. Mich ganz persönlich.

Ich muss unbedingt mit dem FBI Kontakt aufnehmen.

Der verdächtig gut bemuskelte Florist, der draußen in der Einfahrt schon seit Stunden geschmacklose Blumenarrangements aus- und wieder in seinen Lieferwagen einlädt, reagiert ein wenig überrascht auf meine Bitte um ein Vieraugengespräch mit seinem Vorgesetzten. Mein vorgeschlagener Treffpunkt lässt sein linkes Auge leicht zucken.

Senior Special Field Agent Mark Clarkson steht nackt wie Gott ihn schuf und ziemlich sauer neben mir an der Bar des Naturisten-Vereins am Campingplatz. Er hätte ja schon so einige Opfer für Onkel Sam gebracht – er zeigt auf Einschuss-Narben oberhalb des Schlüsselbeins und am Oberschenkel und erwähnt seine vier Scheidungen - aber das hier überträfe ja wohl alles.

Andererseits bewundere er meine Professionalität. Eine verdammt gute Absicherung sei das schon, wenn man sichergehen wolle, dass das Gegenüber auch wirklich nicht verkabelt sei.

Die nächste Ausgabe des FBI-Ausbildungshandbuchs wird übrigens eine ausführliche Erwähnung dieser Taktik enthalten. Sie wird dort als „Naked German Maneuver" beschrieben werden.

Als ich Mark dann allerdings schildere, weswegen ich um das konspirative Treffen gebeten habe, blitzt kurz fast so etwas wie Mitgefühl in seinen kalten, eisblauen Augen auf. Auf jeden Fall hat er nun vollstes Verständnis für meine aufwendigen Sicherheitsmaßnahmen.

Er müsse natürlich, bei aller persönlichen Sympathie, das von mir vorgebrachte Ansinnen mit Washington besprechen und gegebenenfalls autorisieren lassen, das verstünde ich doch.

Wir vereinbaren, um nicht noch einmal gemeinsam gesehen zu werden, ein geheimes Zeichen, das mir als Signal dienen würde, dass der Plan von höchster Stelle abgesegnet sei.

Es wird eine wirklich schöne, harmonische Hochzeit. Sofie sieht in ihrem Designer-Brautkleid keinen Tag älter als 65 aus. Hartgesottene Gangsterbosse verdrücken hier und da ein sentimentales Tränchen.

Irgendein dämlicher Brauch verlangt, dass die Braut am Ende der Zeremonie erst den Brautstrauß in die Menge und dann sich selber zum Bräutigam ins wartende Auto wirft.

Der große Knall steht nun unmittelbar bevor. Würde mein wagemutiger Plan funktionieren? Eine ungerade Zahl lavendelfarbener Schleifen in der Tischdeko hatte mich ein wenig beruhigt. Washington hatte offensichtlich grünes Licht gegeben. Es bestand vielleicht noch Hoffnung für mich.

Sofie dreht der nach baldiger Verehelichung dürstenden Weiblichkeit den Rücken zu und wirft den Brautstrauß. Er fliegt, wie von ihr vorgesehen, genau auf Bella zu. Dann löst sich, wie von mir vorgesehen, in der Luft das schmucke Blumengebinde in seine Einzelteile auf.

Den Strauß hatten die Experten der Abteilung für forensische Floristik des FBI zusammengestellt. Diese Fachrichtung der Kriminologie wird von Laien gern mit der floristischen Forensik verwechselt. Die ist natürlich ein reines Fantasieprodukt.

Dank der tatkräftigen Unterstützung meiner amerikanischen Freunde jedenfalls war das Prachtstück statt mit einem Seidenband nur mit ein paar Luftschlangen zusammengebunden. Sie wissen schon, solchen, wie man sie an Silvester einem langweiligen Tischnachbarn ins heiße Raclette-Pfännchen pustet.

Seine ehemals gut berechenbaren quasi-ballistischen Flugeigenschaften hat der Brautstrauß dadurch allerdings dummerweise eingebüßt. Technisch ausgedrückt geht er nach ein oder zwei Metern Luftlinie seiner strukturellen Integrität verlustig.

Blumen, Grünzeug, dekorativer Glitzerschnickschnack, alles regnet auf die wartende Damen-Schar herunter. Fast jede fängt lachend irgendein Teil auf und hält es als Beute in die Luft. Die Stimmung ist hervorragend.

Nur nicht bei Bella. Die hält die beiden Enden einer papiernen Schleife in der Hand, derer sie auf unerklärliche Weise habhaft geworden war. Ihr mit Sofie ausgeheckter Plan, mich quasi standrechtlich zu einem Heiratsantrag zu nötigen, ist krachend gescheitert.

Sie konnte sich beim besten Willen nicht zusammenreimen, wie um alles in der Welt das geschehen konnte. Aber sie würde es herausfinden. Und wenn es das letzte war, was sie tat.

Ich schlucke trocken und erwäge, doch noch einmal einen Blick in die bunte Werbebroschüre für das Zeugenschutzprogramm zu werfen.

Kapitel 19 – Fleischwurst und neue Besen

Ich stehe beim Metzger meines Vertrauens in der Schlange, vor mir der übliche Vormittagsmix aus übelgelaunten Hausfrauen mit durchschnittlich 1,25 Kindern im Schlepptau, schwerhörigen Rentnern und überforderten Männern mit Einkaufszettel.

Da hätte ich jetzt gerade ein wenig Zeit für Sie. Lassen Sie mich nur kurz nachschauen, was Bella mir aufgeschrieben hat, damit ich nichts vergesse.

Ich bin Ihnen ja noch eine Erklärung schuldig, wen ich Papa und dem treuen Doktor als möglichen Nachfolger für den breit aufgestellten Mischkonzern auf dem Gebiet gesetzeswidriger Dienstleistungen vorgeschlagen habe.

Also. Sie erinnern sich noch an Ivo? Genau, seines Zeichens Neffe von Papa und als braver Briefträger das weiße Schaf in der Familie.

Vom Ivo die Frau, das ist die Lotta. Da ja eigentlich ursprünglich Ivos Bruder den Familienbetrieb übernehmen sollte, war Lotta nicht auf traditionelle Weise nach dynastischen Kriterien ausgewählt und Ivo zugeführt worden.

Er hatte sie stattdessen ganz konventionell beim alljährlich Dorfschützenfest kennengelernt, als keiner außer ihm ihr mehr beim Kotzen die Haare hochhalten wollte.

Das schweißt zusammen und reicht in der Regel auf dem Dorf als Heiratsgrund vollkommen aus. Polterabend war dann ein halbes Jahr später.

Während Ivo seit jeher ein Gemüt wie ein Schaf hatte und frei von jeglicher kriminellen Energie war, hatte Lotta es schon immer faustdick hinter den Ohren. Bereits als Kind hatte sie ihr knappes Taschengeld mit vielerlei moralisch fragwürdigen, aber überaus lukrativen Aktivitäten aufgebessert.

Wetten auf wüste Schulhofprügeleien, Bundesjugend- oder Fußballspiele? Lotta nahm sie an. Und verschob notfalls auch mal ein Spiel der B-Jugend, falls die Quoten dies lohnend erscheinen ließen. Ein handelsüblicher Schiedsrichter ist in dieser Liga ja noch recht erschwinglich, Lotta zeigte ihm hinter den Hagebutten einmal ihre Brüste und er pfiff exakt nach ihrer Anweisung.

Sie übernahm gebührenpflichtige Dienstleistungen wie das Deponieren von Spickzetteln und die rückstandslose Entsorgung von Klassenbüchern mit unvorteilhaften Eintragungen. Auf den obligatorischen Engtanzfeten konnte man bei ihr diskret Kondome, Patentex Oval oder Strumpfhosen ohne Laufmaschen erwerben.

Lotta lernte beim örtlichen Steuerberater und wusste schnell Dinge, die andere nicht wussten, aber liebend gerne wissen würden. Das Finanzamt zum Beispiel. Da das aber in der Regel keinen Judaslohn zahlt, ließ Lena sich halt die Nichtweitergabe von Informationen vergüten. Sie war da flexibel.

Natürlich bekam ihr Chef das irgendwann mit. Er hielt ihr eine donnernde Moralpredigt über Ethos und Schweigepflicht der Angehörigen steuerberatender Berufe. Und verlangte dann 50 Prozent.

Um die Wurst geht es auch hier beim Metzger gerade. Um ein Stück geschenkte Fleischwurst genauer gesagt, das zwischen einer vielleicht Vierjährigen und ihrer Mutter umstritten scheint. Beide stemmen die Hände in die Hüften und weigern sich aus Prinzip, das heruntergefallene Lebensmittel aufzuheben.

Die entbrennende Diskussion ist ebenso lautstark wie fruchtlos.

Ein etwa Dreijähriger krabbelt schließlich genervt aus seiner Kinderkarre heraus und beendet den Eklat, indem er das Stück Wurst vom Boden aufklaubt und es in den Mund stopft. Er besteigt zufrieden kauend wieder sein Gefährt.

Seine Mutter zuckt mit den Schultern, den Magen wie ein Betonmischer, den hätte er wohl von seinem Vater. Der sei nämlich Restauranttester und für die Zuteilung von Sternen, Kochlöffeln oder Totenköpfen an gastronomische Betriebe zuständig. Ich gebe die heutige Jugend doch noch nicht ganz verloren.

Aber zurück zu Lotta. Sie war es, die den armen Ivo immer und immer wieder dazu drängte, doch das öde und mühevolle Dasein als Postbote aufzugeben und endlich, endlich Karriere in der Firma seines Onkels zu machen.

Doch Ivo war und ist glücklich bei der Post. Er trägt, wie er immer sagt, sein Hörnchen mit Stolz. Das Posthörnchen. Auf der Jacke. Was Sie wieder denken.

Da Ivo und ich mittlerweile echt dicke Freunde sind, hat er mir all das anvertraut. Ich musste nur eins und eins zusammenzählen.

Der Doktor, Papas Consigliere, schlug mir auf die Schulter. Genial. Wieso war er da nicht auch draufgekommen.

Er persönlich würde noch ein paar Jährchen weitermachen, da wäre die Einarbeitung sichergestellt. Wir erinnern uns, eigentlich hatte auch er sich seinem wohlverdienten Ruhestand entgegengesehnt. Das war, bevor Lena ihm Petra vorgestellt hatte. Noch mehr Freizeit mit der nymphomanen Dame? Das würden seine maroden Herzkranzgefäße vermutlich nicht mitmachen.

Papa hörte sich meinen Vorschlag an, umarmte mich nur stumm und strahlte über das ganze Gesicht. Jemand mit Talent, Unternehmergeist und auch noch aus der Familie. Sein eindrucksvolles Lebenswerk würde in wahrlich würdige Hände übergehen.

Und auch Sofie, seine frisch Angetraute, war außer sich vor Glück. Papa hatte aus ihr eine ehrbare Frau gemacht und ich aus Papa einen ehrbaren, steuerzahlenden Staatsbürger. Ich entkam ihrer dankbaren Umklammerung nur, weil Bella zum rechten Zeitpunkt aufkreuzte und mich entschlossen zwischen Sofies mächtigen Brüsten herauszog.

Und bei Lotta, die jetzt im Unternehmen das Zepter schwingt, habe ich natürlich einen mächtig großen Stein im Brett.

Kein Yoga und kein Töpferkurs in der Toskana konnten ihr geben, was ich ihr verschafft hatte. Endlich war sie ganz sie selbst. Eine absolut skrupellose, machthungrige Frau auf ihrem Weg nach ganz oben in der Unterwelt.

Ivo trägt Briefe jetzt nur noch in Teilzeit aus, damit er mehr Zeit für die Kinder hat. Und für seinen Koi-Karpfen Klaus.

Und ich bin endlich das Damoklesschwert los, das als einem der, wenn auch absolut ungeeigneten und unwilligen, Kandidaten für Papas Nachfolge stetig über mir baumelte.

Alle glücklich. Bis auf Petra vielleicht. Wegen dem Doktor. Aber die kriegt jetzt eine Jahreskarte fürs „Diana".

Moment. Ich erzähle gleich weiter. Hier im Fleischerladen gibt es gerade einen Tumult. Ausrufe wie "Das ist mir in 40 Berufsjahren nicht passiert!" und "Sagen. Sie. Das. Nochmal." fliegen durch die Luft.

Was war passiert? Ich hatte die rhetorische Frage "Darfs etwas mehr sein?" ganz in Gedanken mit "Nein" beantwortet. Das kommt davon, wenn ich Ihnen hier nebenbei von Lotta und ihrem Karrieresprung erzähle.

Dabei ist es eigentlich ganz einfach. Wenn du als Mann 100g Fleischsalat willst, bestellst du 80g. Und bekommst ca. 115g. Eine Frau bestellt 100g, bekommt 100,07g und eine wortreiche Entschuldigung wegen der Ungenauigkeit.

Rollenspiele mit tölpelhaften männlichen Figuranten sind übrigens seit Jahrzehnten fester Bestandteil der Ausbildung zum/zur Fleischfachverkäufer/in.

Aufgrund dabei vermehrt aufgetretener Zwechfellschäden dürfen sie allerdings gemäß einer Anweisung der Berufsgenossenschaft Nahrungsmittel und Gastgewerbe nur noch in Anwesenheit von medizinisch geschultem Fachpersonal durchgeführt werden.

Mit vorwurfsvollem Blick befördert die Verkäuferin eine homöopathische Dosis Fleischsalat zurück in die große Schüssel im Kühltresen. „So recht, der Herr?"

Ich nicke demütig. Natürlich. Wie konnte ich es wagen, die mir von höherer Stelle zugeteilte Menge in Frage zu stellen. Dieses Sakrileg würde ich vermutlich noch teuer bezahlen.

Vor Schreck vergesse ich, für die beiden Scheiben Kasseler, die auch noch auf meinem Zettel stehen, die gewünschte Stärke präzise in Millimetern anzugeben. Immerhin weiß ich dafür jetzt, wo der Ausdruck "halbes Schwein auf Toast" herkommt.

Wo waren wir? Ach ja. Lotta. Die ging, frisch im Amt, sofort und mit Feuereifer ans Werk. Neue Besen kehren gut, hatte irgendein Subalterner den Machtwechsel unvorsichtigerweise kommentiert und war mit einem Satz maßgefertigter Betonschuhe belohnt worden.

Niemand nannte Lotta einen Besen, alt oder neu.

Nein, der Mann wurde nicht nachts im Fluss versenkt. Wir sind doch hier nicht bei den Barbaren. Er wurde stattdessen nackt mitten in der Fußgängerzone abgestellt. Seine einbetonierten Füße steckten in zwei mächtigen Blumenkübeln.

Vor aller Augen hatten städtische Arbeiter vier Stunden gebraucht, um ihn mit schwerem Gerät aus seiner Maläse zu befreien und die unbestellte Stadtmöblierung zu entsorgen. Ich denke, Sie können sich die erheiternden Auswirkungen vorstellen, die sich ergeben, wenn zwei Presslufthämmer auf einen festzementierten nackten Mann einwirken.

Jedenfalls mischte sich unter die Schaulustigen auch eine größere Schar von Vögeln unterschiedlicher Arten. Dieser Wurm, der da zuckte, der käme als Abendessen für die ewig hungrige Brut gerade gelegen.

Natürlich wäre das Ganze eigentlich eine Sache von maximal einer halben Stunde gewesen, aber die Jungs vom Bauhof mussten immer wieder Pausen einlegen. Nicht auszudenken, fiele einem von ihnen der Presslufthammer aufgrund eines Lachkrampfes aus der Hand.

Lotta tat, was neue Führungskräfte nun mal so tun. Sie stellte um, reorganisierte, besetzte neu, schnitt alte Zöpfe ab und nach nur knapp einem Jahr hatte das Unternehmen wieder die Produktivität erreicht, die es vor ihrem Amtsantritt gehabt hatte.

Ein hervorragender Schnitt, das manager magazin berichtete ganzseitig.

Ich verlasse mit meinem Tütchen weitgehend präzise abgewogener Fleischwaren das Metzgergeschäft, zwar als Pedant geächtet aber immerhin aufrechten Ganges.

Der armselige Tropf nach mir bestellt währenddessen "10 Scheiben von der Salami dort". Die Anwesenden beobachten interessiert, wie die zu einer für ihren Berufsstand typischen Form milder Rachsucht neigende Verkäuferin ins Lager geht, mit einer 75cm-Wurst unklarer Genese zurückkommt und sie vor den Augen des Kunden genüsslich zehntelt.

Kapitel 20 – Warentrenner und Einzelkinder

Das Recht auf freie Entwicklung der Kindespersönlichkeit des in Gang 3 eskalierenden Vierjährigen wiegt natürlich höher, als die Bandscheiben der Rewe-Mitarbeiterin, die kniend Kaffeesahnefläschchen aus einer Traubensaftpfütze klauben muss. Hätte sie halt was Richtiges gelernt.

Mein Vorschlag, das nervige Gör einfach der SUV-Blondine bei den Molkereiprodukten zuzuteilen, die auf einem der Mutter- und Kind-Parkplätze steht, und derart die göttliche Ordnung des Universums wiederherzustellen, stößt nicht bei allen Beteiligten auf uneingeschränkte Zustimmung.

Pragmatische Ansätze, das erkenne ich immer wieder, sind in Erziehungsfragen offensichtlich unerwünscht. Nachdenklich schiebe ich meinen Einkaufswagen durch die klebrige Lache, während sich hinter mir die stolze Mutter beim Marktleiter über unfreundliches Personal beschwert.

An der Kasse zwinkern mir kalorienreiche Impulsartikel vertraulich zu. Die Abbildung nikotinzerfressener Lungenflügel lässt mich vom Kauf absehen. Rauchen gefährdet Ihre Gesundheit. Und das Liebesleben meines Zahnarztes. Der hatte seiner Geliebten nämlich ein Cabrio versprochen.

Irgendwie hängt eben alles mit allem zusammen.

Die Dame vor mir tauscht eine volle Treuepunkt-Sammelkarte gegen ein japanisches Messerset, das meiner Einschätzung nach dem Kriegswaffenkontrollgesetz unterliegen müsste. Die Anderthalbhänder aus Damaszenerstahl sind vermutlich aus.

Ich beobachte nun die SUV-Frau, Kategorie Teenager Spätlese, bei ihrem Ablegemanöver. Dank Allrad meistert sie spielerisch die Betonkante einer Blumenrabatte, doch dann überrollt sie eine Dose Pfirsiche, deren scharfkantiger Deckel sich rachsüchtig in ihrem Hinterrad verbeißt.

Sie lenkt ohne die Miene zu verziehen in Richtung Ausfahrt. Der hochmoderne Hybridantrieb des Nobelgefährts ist kaum zu hören. Dafür ein rhythmisch-blechernes Klonk-klonk-klonk von hinten links.

Ein Hauch von Pfirsichduft liegt in der Luft. Zauber des Einzelhandelsfrühlings.

Die konservierten Südfrüchte und weitere Artikel des täglichen Bedarfs hatte der zornige traubensaftgetränkte Knabe von vorher quer über den Parkplatz gepfeffert, während seine Mutter ihn mit schlüssigen Sachargumenten zum Einsteigen in den Schiebetür-Minivan zu bewegen suchte.

Eine nicht ganz regelkonform geworfene Packung Tampons verfehlt nun knapp das Haupt von Frau Dr. Horn, meiner gefürchteten und seit über 30 Jahren pensionierten Grundschullehrerin. Singvögel verstummen. Sie ändert den Kurs ihres Rollators. Jemand pfeift leise den Imperial March.

Kennen Sie diese Szene aus amerikanischen Krimiserien, wenn der Leiter des SWAT-Teams „MOVE! MOVE! MOVE!" ruft? Ohne jedes Zeremoniell wird das eben noch widerspenstige Kind samt Einkäufen ins Auto gestopft, Reifen quietschen und zwei Orte weiter wird kurz darauf ein Minivan geblitzt.

Frau Dr. Horns blaue Augen blicken in die Runde. Nicht ortsfremde Zeugen des Geschehens versuchen verzweifelt, ortsfremd zu wirken. Ich habe das natürlich nicht nötig. Mit Schal, Mütze und Sonnenbrille würde mich selbst meine Mutter nicht erkDICH KENN ICH DOCH. DU BIST DER HEINI!

Ich nähere mich selbstbewusst, schließlich bin ich ein erwachsener Mann, der mit beiden Beinen im Leben steht und begrüße Frau Doktor angemessen höflich.

Was natürlich Wunschdenken ist. In Wirklichkeit bin ich auch nur so ein schultraumatisierter Lauch wie alle anderen, nähere mich ihr in katzbuckelnd-unterwürfiger Haltung und begrüße sie stammelnd.

Sie winkt ab.

"Heb mal lieber das Zeug von der kleinen Grasmeier auf. Ganz wie ihre Mutter. Hat sich auch immer tyrannisieren lassen von ihrer Brut."

"Ich äh..."

"Ja. So wie Deine."

Natürlich bringe ich schnell die Tampons bei der Grasmeier vorbei. Keine Ahnung, ob die noch so heißt. Und
wo die wohnt.

~

„Hiltrud Grasmeier, Praxis für angewandte Kinderpsy-
chologie".

Nachdenklich stehe ich vor der verklinkerten Doppel-
haushälfte des Großserienmodells „Fortuna 150 Duo",
von dem alleine hier im Neubaugebiet "Rehwinkel-
West" ca. 24 Stück einträchtig einst grünen Wiesen-
grund versiegeln.

Individuelle Details wie Sprossenfenster, variierende
Backstein-Rottöne und französische Balkone sorgen für
eine persönliche Note. Französischer Balkon ist übrigens Baufuzzy-Deutsch für "Keine Kohle für einen
richtigen Balkon, deswegen knallen wir das Gitter direkt
vors Fenster".

Jetzt fragen Sie sich vermutlich, wie es mir denn doch
gelungen war, erfolgreich die KfW-geförderte Behau-
sung besagter Dame ausfindig zu machen. Tun Sie
doch, oder?

Nun, wie üblich verdanke ich dies einer Verkettung zutiefst unwahrscheinlicher, aber im Endeffekt überaus
glücklicher Umstände.

Der erste war natürlich, dass Frau Grasmeier den Erzeuger ihrer eingangs in ganzer Liebenswürdigkeit be-
schriebenen Leibesfrucht weder geehelicht, noch seinen
Namen angenommen hatte. Wie sie ohne Doppelnamen

in ihrer Profession reüssieren konnte, entzieht sich mir allerdings.

Seppi Moosbichler, nach Norddeutschland zugewandert, gebürtig aus der schönen Oberpfalz und eher ein Traditionalist, hatte das nicht leichtgenommen. Nur die Tatsache, dass sie ihn quasi direkt nach dem Zeugungsakt vor die Tür gesetzt hatte, hatte einen größeren vorehelichen Krach verhindert.

Der zweite Umstand nahm seinen Anfang weniger glücklich in einem bitterbösen Blick, den Bella beim Auspacken der von mir erbeuteten Einkäufe in meine Richtung warf. Ihr Adlerauge hatte eine Packung Tampons inmitten meiner mehr oder weniger ihrem Einkaufszettel entsprechenden Beute entdeckt.

Zwei Faktoren muss man bei der Bewertung ihrer im Folgenden geschilderten Reaktion berücksichtigen.

Da wäre einmal die Tatsache, dass die regelmäßige Beschaffung von Einweg-Damenhygieneartikeln definitiv nicht zu meinen ureigensten Aufgaben in unserer Beziehung zählt.

Es ist hierbei nicht kategorisch auszuschließen, dass die Befreiung von dieser Obliegenheit auf Faktoren beruht, die nichts mit einer eventuellen klassischen Rollenverteilung zu tun haben. Sie könnte stattdessen eventuell auch in einem Kausalzusammenhang mit einigen eklatanten Fehlkäufen meinerseits in dieser nicht ganz unheiklen Artikelkategorie stehen.

Ferner handelte es sich hier statt des gewohnten Markenproduktes aus linksgewendelter ägyptischer Baumwolle mit windkanalgetesteter aerodynamisch geformter Spitze und blaugeringelter Reißleine ganz offensichtlich um eine kostengünstige Discountereigenmarke fragwürdiger Qualität.

Hinzu kommt das gänzlich unpassende Kaliber dieser kleinen nützlichen Helferlein der Monatshygiene. Ein Ansatz von Zornesfalte entsteht über Bellas entzückender Nase. Überhaupt, der weibliche Unterleib. Ein Thema, bei dem man von mir zum Glück keinerlei Fachkompetenz erwartet.

Ich gehöre noch zu der langsam wegsterbenden Männergeneration, bei der Wissen um das Vorhandensein der Klitoris noch nicht vorausgesetzt wurde. Etwaige Zusatzqualifikationen wie z.B. grobe Kenntnisse bezüglich ihrer Position machten einen bereits zu 1a-Heiratsmaterial.

Heute ist das natürlich alles ganz anders. In Beziehungen ist es Gang und Gäbe, seinen Zyklus zu synchronisieren. Das umso mehr, sobald mindestens einer der Partner weiblich ist.

Während wir also damals, dank wöchentlicher Hausbesuche von Doktor Sommer, dankbar die Sache mit dem Klapperstorch ad acta gelegt haben, lernen unsere Nachfahren beliebigen Geschlechts in Geburtsvorbereitungskursen durch die Scheide zu atmen.

Ich vermute, auf ähnliche Weise hat die Evolution damals von Kiemen- auf Lungenatmung umgestellt. Was mich zu dem Gedanken bringt, ob uns dann eine Welle neuer Zivilisationskrankheiten wie etwa Vaginalasthma oder allergische Vulvitis ins Haus steht.

Aber das gehört hier nicht her. Wo waren wir? Achja. Die Grasmeier. Und ihre verräterischen XXL-Tampons.

Ich erklärte also wortreich meiner liebreizenden aber skeptischen Lebensgefährtin, auf welche Weise ich in den Besitz besagter Konterbande gekommen war. Ich gebe zu, besonders glaubwürdig kam die Sache nicht herüber. Wie auch.

Bella überlegte vermutlich schon, ob ich lieber zu ihrer Mutter oder wieder ins Wohnmobil ziehen soll. Erst als der Name Grasmeier fiel, schien sie in Betracht zu ziehen, dass an meiner Geschichte eventuell doch etwas dran sein könnte.

Grasmeier, Grasmeier, genau. Die Schwägerin ihrer Freundin Bine, sie wissen schon, die mit Armin und der SM-Tochter, war die nicht eine geborene Grasmeier?

Bella griff zum Telefon. Bine war zum Glück zuhause. Natürlich, soviel hatte ich gelernt, fiel man unter Freundinnen nicht mit der Tür ins Haus. Man streifte jenes Thema, tauschte diesen Klatsch gegen jenen Tratsch und kam dann irgendwann und ganz beiläufig auf den Punkt.

Zweieinhalb Stunden später war noch immer kein Punkt in Sicht. Ich hatte unterdessen das Auto ausgesaugt, den Sperrmüll rausgestellt, den Keller aufgeräumt und das

Gäste-WC neu gestrichen. Mein fragender Gesichtsausdruck wurde lediglich mit einem „Pssst!" quittiert.

Bella legte auf. Sie war jetzt voll im Bilde, musste sich aber sputen. Denn gleich begann der Zumba-Kurs. Bei dem sie dann Bine wiedertreffen würde.

„Und?" fragte ich, vor Neugier platzend.

„Was und?"

„Na die Sache mit der Grasmeier."

„Achso. Sind wir gar nicht zu gekommen."

Hiltrud Grasmeier, das erfuhr ich dann schließlich am Abend, als Bella frisch geduscht zu mir ins Bett stieg, war in der Tat die Schwester von Bines Schwägerin. Und wohnte irgendwo im Neubaugebiet. Birkhahnweg 12.

Mit Grausen stellte ich mir vor, was wäre, wenn wirklich die ganze Welt ein Dorf wäre. Eins wie unseres.

Ich regte an, die Diskussion noch zu vertiefen, vernahm aber nur noch ein, wenn auch sehr niedliches, so doch unüberhörbares Schnarchen. Dieses Zumbazeugs hat zum Glück nur einmal in der Woche Gelegenheit, seinen negativen Einfluss auf mein Liebesleben geltend zu machen.

~

Und nun stehe ich also da, wo fantasielose Stadtplaner, mit der undankbaren Aufgabe betraut, ein entstehendes Viertel mit thematisch passenden Straßennamen zu

versorgen, den umfangreichen Katalog heimischen Nie-
derwilds abarbeitend beim Buchstaben „B" angelangt
waren.

Aus dem Haus dringen Geräusche, die ich nicht eindeutig zuordnen kann. Am wahrscheinlichsten erscheint mir
die Theorie, dass dort ein Warzenschwein bei lebendi-
gem Leib gehäutet wird, während der skandinavische
Chefkoch aus der Muppetshow singend Geschirr-
schränke umwirft.

Auf mein Klingeln verstummt der Lärm kurzzeitig, um
dann mit unverminderter Lautstärke weiterzugehen.
Darüber hinaus kann ich keine Reaktion erkennen, aus
der hervorginge, dass meine Anwesenheit hier vor der
Tür überhaupt zur Kenntnis genommen würde.

Von mir aus. Stell ich das Scheißzeug halt einfach vor
der Tür ab. Ich stapele die Tampons und ein paar andere Artikel, die ich nach Weisung von Frau Dr. Horn
auf dem Parkplatz zusammengeklaubt hatte, neben eine
bauernmalerisch verzierte Milchkanne.

Leider schaltet sich in solchen Situationen gerne mal
mein Gewissen ein und beeinflusst mein ansonsten rati-
onal begründetes und absolut nachvollziehbares Han-
deln. Knurrend folge ich seiner Anweisung „Guck mal
lieber nach, vielleicht braucht da jemand Hilfe" und
gehe ums Haus herum.

Die Terrassentür steht offen, von drinnen weiterhin Ge-
schepper, Geschrei, leises Wimmern.

„Hallo?" Immer noch scheint niemand irgendein Interesse an mir zu haben. Ich gehe ein Stück ins Haus hinein und gebe mich erneut zu erkennen. „Kann ich helfen?". Ein rohes Ei verfehlt meinen Kopf um Zentimeter und knallt gegen den Türrahmen.

Gut, zumindest werden hier noch keine Waffen eingesetzt, die unmittelbar letale Wirkung zeigen. Trotzdem bin ich jetzt ein ziemliches Stück weit angefressen. Mit Lebensmitteln rumwerfen? Da kommt das Kind der Nachkriegsgeneration in mir durch. Für sowas wäre ich an der Autobahn ausgesetzt worden.

Vor mir liegt ein Schlachtfeld. Das Wohnzimmer mit der angrenzenden offenen Küche sieht aus, als wäre hier ein Aldi-Laster explodiert. Käsescheibletten kleben an der Wand, eine Tüte Mehl ist über der Couch geplatzt und ein Becher Sahne versickert langsam im Flokati. Ich rutsche auf einem Kilo verstreuter Tiefkühlerbsen aus.

Der Flachbildfernseher in der Größe einer Tischtennisplatte hat einen langen Sprung in der Bildmitte. Der Kontakt mit einer anfliegenden Dose Ravioli ist ihm nicht allzu gut bekommen. Und auf der Anrichte, die Küche und Wohnzimmer voneinander trennt, steht das Kind, eine Zehnerpackung Eier in der Hand.

Seine Mutter sitzt in der Ecke zwischen Kühlschrank und Spülmaschine am Boden, in einer Pfütze kaltgepressten Olivenöls extra vergine und bedeckt mit Schokoladenpuddingpulver. Sie blutet heftig aus einer großen Wunde am Kopf. Nein, das ist doch nur Spaghetti-Sauce, ich erkenne Basilikumeinsprengsel.

Sie wackelt apathisch mit dem Kopf vor und zurück und wird zwischendurch von starken Weinkrämpfen erschüttert. Ich versuche etwas Konversation, um sie abzulenken. „Hallo. Hatten Sie auch Deutsch bei Frau Dr. Horn in der vierten Klasse?". Sie heult jetzt unkontrollierbar.

Falls Sie also mal einen erfahrenen Notfallseelsorger benötigen, der aufgrund seines frohen, lebensbejahenden Wesens Menschen in Extremsituationen Mut und Aufheiterung bringen kann, rufen Sie bloß nicht mich an. Versuchen Sie es doch mal bei Ralf Stegner. Oder Godzilla.

Die Dose Champignons Handelsklasse III, Abtropfgewicht 320g, ist zum Glück direkt neben ihr ins Ceranfeld eingeschlagen. Ein weiteres Ei klatscht gegen die Kühlschranktür.

Ich drehe mich um. Dem durchgeknallten Gör ist nun anscheinend die Munition ausgegangen, es blickt sich um und greift nach einem Viererpack verdauungsfördernden Naturjoghurts. Irgendwo hört der Spaß auf. Bevor mich rechtsdrehende Bifidus-Bakterien treffen, greife ich ein.

Wer mit deutlich jüngeren Geschwistern aufgewachsen ist, weiß instinktiv, was in einer solchen Situation zu tun ist. Ich packe das Kind also kurzerhand bei den Fußgelenken und halte es kopfüber. Es verfällt umgehend in Tragstarre und besieht sich interessiert die Welt aus dieser neuen, ungewohnten Perspektive.

Seine Mutter hört kurz auf zu Weinen und blickt hoch.
Sie kann sich nicht erinnern, dass ihr Sohn einmal 60 Sekunden am Stück keinen Laut von sich gegeben hat.
Mein Blick fällt auf einen Haufen Plastikspielzeug im
Garten. Ich trage das jetzt völlig friedliche Kind zur
Terrassentür hinaus und finde meinen Verdacht bestätigt.

Unter zwei Spielzeugbaggern, mehreren Plastikschiffen
unterschiedlicher Verdrängung, diversen Schaufeln, Eimern und anderem Krempel finde ich eine Sandkiste.
Ich setze das Knäblein hinein, es versteht meinen Blick
sofort, erkennt den Ernst der Lage und verhält sich
mucksmäuschenstill, während ich außer einer kleinen
Backform und einem gelben Schäufelchen alles hinauswerfe.

Auf meine Frage, wie weit er denn zählen könne,
kommt eine klare Antwort. Faktenaustausch unter Männern. Diese Sprache beherrsche ich. Es ergeht also eine
Bestellung über einundzwölfzig Sandkuchen mit der
Maßgabe, umgehend mit der Produktion zu beginnen.

Mathew-Leon macht sich gehorsam ans Werk.

Fasziniert hat die angewandte, wenn auch derzeit mit
mediterranen Lebensmitteln verunzierte, Kinderpsychologin Hiltrud mir zugesehen. Ich wende mich nun ihr
zu, vermeide die überflüssige Frage, ob alles in Ordnung
ist und verfrachte sie erstmal in einen der Gartensessel
aus fair gehandeltem Plantagenteakholz.

Ich brauche unbedingt sachkundige Unterstützung und
ziehe mein Handy aus der Tasche. Mit etwas Glück

steht Bella immer noch in der Schlange in Heidruns kleinem Blumenladen unten an der Ecke, wo ich sie vorher abgesetzt habe.

Nicht Interesse an der Floristik führt die Menschen bei Heidrun zusammen, sondern die Tatsache, dass sich dort ein Paketshop befindet, wo man zur Ansicht bestellte gusseiserne Bratpfannen und einmal getragene Partykleider dank mitgelieferter Retouren-Aufkleber schnell und einfach wieder loswerden kann.

Knappe 25 Minuten später sauge ich Mehl vom Grasmeierschen Sofa, während Bella bei der in wonnewarmem Schaumbad wohlig weichenden Hiltrud am Wannenrand weilt und sich ihre, wie ich vermute, traurige und emotionsbeladene Geschichte anhört. Der Staubsauger ist zum Glück weniger gesprächig.

Das sonnige Knäblein wurde gerade in die Obhut seines Vaters übergeben, der heute ohnehin gemäß gerichtlich ausgefochtener Sorge- und Besuchsrechtsvereinbarung dran gewesen wäre. Auch er hatte seinen friedlich in der Sandkiste wühlenden Spross wie ein Alien bestaunt.

Mathew-Leon hatte dann noch einmal kurz vor einem neuen Wutausbruch gestanden, als Seppi, der eigentlich ein wirklich netter Kerl ist, ihn mitnehmen wollte.

Erst nach meiner ausdrücklichen Bestätigung, dass das gesetzte Tagesziel bei der Sandkuchenproduktion erreicht sei, hatte er sich bereiterklärt, ins väterliche Auto einzusteigen.

Am Abend dann erhalte ich eine Zusammenfassung von Bellas Erkenntnissen über das Seelenleben der Hiltrud G-Punkt.

Neben der Tatsache, dass sie hervorragende Ergebnisse bei der Arbeit mit als schwer erziehbar eingestuften Kindern nur vorweisen kann, sofern diese nicht gerade ihr Erbgut teilen, waren es wohl vor allem Beziehungsprobleme, die zu ihrem akuten Nervenzusammenbruch geführt hatten.

Hiltrud nämlich, als Frau ihrer Zeit, war in einer polyamoren Beziehung mit Detlef und Richard, genannt Ritschie. Das sagt Ihnen nichts? Sie sind ja wiedermal nicht so richtig auf der Höhe. Ich versuche mal kurz, Ihnen das zu erklären.

Polyamor bedeutet in der Praxis, dass der sexuell attraktivere (oder ggf. liquidere) Part einer Beziehung nach Belieben in der Gegend herumvögelt, während der andere mantraartig „Das ist toootal ok für mich" wiederholt. Und in einsamen Nächten in sein antiallergenes Kopfkissen weint.

Im vorliegenden Fall schien Ritschie diese Rolle übernommen zu haben. Er liebte Hiltrud heiß und innig und nahm ihre sexuellen Eskapaden als notwendiges Übel klaglos hin. Sie liebte ihn dafür zurück, primär allerdings, so sein unausgesprochener Verdacht, weil sie einen zuverlässigen Babysitter brauchte, während sie durch fremde Betten tobte.

Durch einen dummen Zufall trafen die beiden Männer nun kürzlich aufeinander, kamen ins Gespräch und stellten erstaunt fest, dass Hiltrud ihnen beiden Sex mit der wortgleichen Begründung „Der andere, das ist was rein Körperliches, Animalisches, du verstehst, wir dagegen, wir sind Seelenverwandte" vorenthielt.

In detektivischer Kleinarbeit fanden die zwei schließlich heraus, was dahintersteckte. Sie observierten ihre Herzensdame, mal von Detlefs, mal von Ritschies Auto aus, aber immer mit Mathew-Leon hinten im Kindersitz. Stets fuhr Hiltrud, sobald das Kind in die Obhut einer der Männer übergeben war, zu derselben Adresse.

Ein dreigeschossiger Wohnblock, in dem, das war kleinstadtweit kein Geheimnis, sogenannte Modell-Wohnungen untergebracht waren. Kleine Appartements, in denen professionelle Liebesdienerinnen, geschützt vor den Unbilden des Wetters und schädlichen Autoabgasen, ihrem Broterwerb nachgingen.

Männer gingen in das Haus hinein und kamen wieder heraus, manche nestelten dabei noch an ihrem Reißverschluss. Vier Stunden später tauchte auch Hiltrud wieder auf, offenkundig bestens gelaunt. Detlef und Ritschie sahen sich an und schüttelten unisono den Kopf. Nein. DAS hatte man nicht nötig.

So war es dann zu einem Eklat allererster Güte gekommen, hässliche Worte fielen, nicht nur Anschuldigungen wurden an Köpfe geworfen und am Ende saß Hiltrud dann in einer nativen Olivenölpfütze. Wir müssen also bei Mathew-Leon zumindest teilweise Abbitte leisten. Das mit der Raviolidose ging ausnahmsweise nicht auf sein Konto.

Und zu allem Unglück, erzählt mir Bella kopfschüttelnd, hatte Hiltrud die Nuttenwohnung nur für halbe Tage angemietet, um in Ruhe mal ein Stündchen zu schlafen, zu duschen und ihre Lieblings-Daily-Soap zu gucken. Irgendwas mit überforderten Eltern und ihrer ausgekochten Brut.

Kapitel 21 – Feuer frei!

"Wir sind ja wegen unserer Kinder herausgezogen. Sie wissen schon, die Feinstaubbelastung."

Neubürger am Osterfeuer. Denen machste nix vor.

Ein Feuerwehrmannanwärter schleppt derweil unauffällig einen 20-Liter-Benzinkanister in Richtung des zündunwilligen Haufens Gartenabfälle. Ortsbrandmeister Ottokars Blick geht starr in die entgegengesetzte Richtung.

Ich prüfe die Windrichtung. Bei einigermaßen stabiler Wetterlage dürfte ein Großteil des grauschwarzen Rauches über das Neubaugebiet Rehwinkel-West ziehen.

"Heini, Du hast echt Pech. Heute ist Nordwestwind und Ihr liegt doch in Richtung Nordwesten. Da kriegt Ihr den ganzen Rauch ab." Toni zeigt mitfühlend auf das „Diana", das einen halben Kilometer entfernt und tatsächlich grob in der von ihm genannten liegt.

Toni arbeitet in Peters Autowerkstatt und gilt dort uneingeschränkt als der begabteste aller Schrauber. Da kann man über kleinere Bildungslücken auf anderen Fachgebieten locker hinwegsehen.

Sein Haus steht übrigens südöstlich von hier.

Aus dem durchnässten Buschberg ragen Balken und Bretter heraus. Es handelt sich dabei um die Reste von Großbauer Jupps denkmalgeschützter Scheune. Gegen die kürzlich aufgrund einer kleinen Ungeschicklichkeit ein Mähdrescher gerollt war, was bedauerlicherweise zu ihrem Einsturz geführt hatte.

Das Denkmalschutzamt hatte das 1682 erstmals urkundlich erwähnte Gemäuer für erhaltenswert gehalten und den Abriss untersagt. Die zur Sanierung nötigen Millionen waren dann aber leider im Landeshaushalt nicht aufzutreiben gewesen. Das Land hat nun eine Sorge weniger und Jupp zwei Bauplätze mehr.

Der einzige übrigens, dem es regelmäßig gelingt, auf dem Osterfeuer jemanden abzuschleppen, ist Jungbauer Wolfgang. Sein John Deere ist die letzte Hoffnung aller SUV-Fahrer, deren vormals blitzblanke Gefährte vor dem als Parkfläche ausgewiesenen Matschacker kapitulieren mussten.

Vom Südrand des kokelnden Berges werden vereinzelte Stichflammen gemeldet, die unter Ahs und Ohs der Zuschauer in den regnerischen Nachthimmel schießen. Mir wird klar, wieso nach Malermeister Meyers Tod sein vollgerumpelter Lagerschuppen so schnell wieder vermietet werden konnte.

Der örtliche Apotheker verhandelt derweil am Handy mit seinem Großhändler.

"Genau. Nochmal zwölf Klinikpackungen Asthmaspray bitte. Expresslieferung."

Sie verstehen nun vielleicht, warum die Bedienung des bedenklich nahe am Feuer positionierten Schwenkgrills nur Feuerwehrleuten mit abgeschlossener Fortbildung zum Atemschutzgeräteträger anvertraut werden kann.

Gehässige Zungen behaupten allerdings, das wahre Gefahrgut läge AUF dem Grill.

Dazu müssen wir kurz auf den August letzten Jahres zurückschwenken, als eine herrenlose, aber wohlgefüllte Tiefkühltruhe unweit des „Diana" auf Jupps Kuhwiese strandete, nachdem das Flüsschen am Ortsrand kurzzeitig über seine Ufer getreten war. Der Bergungstrupp war dann zeitnah zur Stelle.

Kleinere Unterbrechungen der Kühlkette muss man schon mal in Kauf nehmen, wenn damit ein Beitrag zur Defizitreduzierung bei den hochmotivierten, aber notorisch klammen örtlichen Rettern, Löschern, Bergern und Schützern geleistet werden kann.

Erst im letzten Jahr beispielsweise war es nur mit Mühe gelungen, eine feindliche Übernahme der Jugendabteilung durch die wirtschaftlich potentere Wehr des Nachbarortes zu verhindern. Jeder will sich ja gern mit dem Landesmeister in der Disziplin Löschangriff (trocken) schmücken.

Durch den Einsatz von Grillzangen und anderem schweren Gerät aus dem Rüstwagen gelingt es, die Würstchen aus der erbeuteten Kühltruhe am Davonkriechen vom Rost zu hindern. Nun steht dem traditionellen österlichen Doppelangriff auf Atemwege und Verdauungsorgane nichts mehr im Wege.

Sie sind nicht vertraut mit dem unausrottbaren, heidnischen Brauch, böse Wintergeister durch Feuersbrünste zu vertreiben, dem wendige Missionare einst ein christliches Mäntelchen umhängten? Wie sonst sollte man die

Auferstehung Christi feierlich begehen, wenn nicht durch rituelles Abfackeln all der Gartenabfälle und nicht mehr benötigten Gebrauchsgegenstände, deren Mitnahme auch die Sperrmüllabfuhr kategorisch verweigert?

Sie erinnern sich noch an diesen isländischen Vulkan mit dem unaussprechlichen Namen, dessen Aschenwolke tagelang den Luftverkehr lahmlegte? Nun stellen Sie sich einfach vor, jedes niedersächsische Dorf mit über 10 Einwohnern hätte einen eigenen Eyjafjallajökull. Klappts? Gut. Dann haben Sie jetzt eine halbwegs realistische Vorstellung der hiesigen Sichtverhältnisse über die Ostertage.

In Flugzeugen, die während dieser Zeit Norddeutschland überfliegen, werden die Passagiere routinemäßig durch Ansagen beruhigt. Ja, dort unten läge zwar das sagenumwobene Land Mordor, aber solange die Reiseflughöhe eingehalten wird, bestünde keine Gefahr der Kollision mit Ringgeistern.

~

Stinkend wie ein Räucherfisch gehe ich den kurzen Weg bis nach Hause. Der Parkplatz vor dem „Diana" ist rappelvoll, die Schnittmenge zwischen Besuchern des Osterfeuers und unseres Etablissements wird zu vorgerückter Stunde immer größer.

„Die Chefin sagt, hinten rein. Und ich soll mich nicht bequatschen lassen."

Margot hat entschlossen die muskulösen Arme vor der Brust verschränkt. Meine eigene Türsteherin verweigert mir den Zutritt. Und das nur weil ich ein wenig wie eine angesengte Sau rieche.

Meinen Einwand, dass ja wohl auch andere Osterfeuerbesucher Zutritt gefunden hätten, lässt sie nicht gelten. Das wären schließlich zahlende Gäste. Und ohnehin aller Erfahrung nach binnen zehn Minuten aus der müffelnden Hose.

Murrend gehe ich ums Haus herum zum Seiteneingang. Während ich noch meinen Schlüssel herausfummele, öffnet sich die Tür einen Spalt breit. Eine Hand erscheint. Sie hält etwas, das wie ein Müllsack aussieht.

„Ausziehen. Alles. Das ganze stinkende Zeug. Und da rein. Sonst kein Zutritt."

Bellas Tonfall ist eindeutig und Widerstand hier absolut zwecklos. Wollte ich die Nacht nicht hier draußen verbringen, ich musste wohl oder übel aus den zugegebenermaßen wirklich übel miefenden Klamotten raus.

Brav entkleide ich mich also hurtig, es ist doch recht frisch um diese Jahreszeit. Hinter mir geht eine von Hannelores Küchenhilfen vorbei zu den Mülltonnen. Man ist hier den Anblick nackter Männer in allen erdenklichen peinlichen Lebenslagen gewöhnt, mehr als ein leichtes Kopfschütteln ist ihr nicht zu entlocken.

Die Einlasskontrolle durch die Chefin persönlich bestehe ich nun immerhin. Bella steckt in meinem Bademantel, er reicht ihr bis auf die Knöchel. Sie packt mich am Ohrläppchen und zieht eine leichte Tropfspur und mich hinter sich her in unser privates Badezimmer.

Das dampfende Badewasser riecht nach Pfirsich oder Mango oder irgendetwas anderem südfruchtigen. Wie Bella, die ihm kurzzeitig entstiegen ist, um mich an der Tür abzufangen.

Unsere Quietscheentchen-Sammlung beobachtet indifferent, wie ich im schaumigen Nass versinke. Alle fünf. Moment. Fünf? Skeptisch begutachte ich den mir bisher unbekannten und als einzigen verdächtig feucht glänzenden Neuzugang.

Der gelbe Erpel fängt leicht gereizt an zu brummen, als ich ihn in die Hand nehme, um ihn näher zu untersuchen. Ich beginne, einen Zusammenhang mit der ausgeprägten Lüsternheit meiner Lebensgefährtin herzustellen.

Bella lässt frech grinsend den Bademantel herunterfallen und steigt zu mir in die Wanne. Der vibrierende Enterich scheint ein wenig enttäuscht, dass ich nun seinen Part übernehme, nach all der Vorarbeit, die er schon geleistet hat.

Mürrisch surrt das wasserfeste Sexspielzeug noch eine Weile einsam über die Bodenfliesen neben der Badewanne weiter, bis irgendwann zwecks Batterieschonung die Abschaltautomatik eingreift.

~

Der Morgen danach. Die Gunst der Stunde nutzend bringt Bauer Jupp unter olfaktorischer Deckung der die

145

Norddeutsche Tiefebene dominierenden Röstaromen heimlich eine Ladung Schweinegülle aus. Ein Pärchen Feldhasen unterbricht empört seine Familienplanungsaktivitäten.

Gemeindepastor Winfried bereut gerade zutiefst, dass er, gewissermaßen als kleines Zeichen zivilen Ungehorsams, seinen Bobtail Emil trotz angebrochener Brut- und Setzzeit von der Leine gelassen hat. Übermütig tollt selbiger über das soeben mit Schweineoutput befeuchtete Feld.

Die glimmenden Reste des einst stolzen Buschberges werden mittels Frontlader zusammengeschoben. Fluchend zieht Wolfgang die verkohlten Gestänge eines Campingstuhls unter seinem Traktor hervor. Was die Leute so alles entsorgten.

Lustig. Genauso einen Klappsessel hatte auch die Brandwache gehabt. Wolfgang grübelt. Zuletzt war Pit damit dran gewesen. Wann hatte er den eigentlich zuletzt...MEIN GOTT, WAS IST DAS DA?

Lassen Sie mich Ihnen verraten, dass das Schweineskelett Knochen besitzt, die menschlichen verteufelt ähnlich sehen. Vor allem nach dem Grillen. Entsetzt stochert Wolfgang in den Überresten seines besten Kumpels herum.

Genießen wir den Wissensvorsprung, den wir vor Wolfgang haben, noch ein bisschen.

Seine normalerweise gesunde rosa Gesichtshaut färbte sich, Sie gestatten das Wortspiel, aschfahl. Pit hatte

dafür zu sorgen gehabt, dass die Nachbarwehr nicht auf
dumme, oder besser, zündende Ideen kam und dazu
sein Lager wettergeschützt am Rande des Brenngutes
aufgeschlagen.

Aufgrund des vielen Regens der vergangenen Wochen
wäre eine Brandwache eigentlich nicht nötig gewesen,
befand auch Pit, und lauerte statt brandstiftenden Witz-
bolden lieber der schönen Marleen auf, für die er seiner-
seits entbrannt war.

Marleen ist die Tochter von Jupp. Sie wissen schon, der
Güllesünder. Auch Jungbauer Wolfgang hatte schon
lange ein Auge auf sie geworfen, er war nämlich scharf
auf ihre Hügel. Nein, nicht was Sie jetzt wieder denken.
Die Felder ihres Vaters grenzten genau an seine, und
während Wolfgang die sumpfigen Niederungen besaß,
nannte Jupp sanfte fruchtbare Anhöhen sein Eigen.

Zusammengenommen eine ideale Kombination, die
wirtschaftlich Sinn machte. Wenn dann noch des Bauers
Tochter schnuckelig ist, macht das Einheiraten doch
gleich doppelt Spaß, so Wolfgangs durchaus nachvoll-
ziehbare Überlegung.

Bei Großbauer Jupp nun wird noch, nach alter Väter
Sitte und unter geschickter Umgehung von etwa 400
EU-Hygienevorschriften, hausgeschlachtet. Schmack-
hafte Sattelschweine nähren sich für den Eigenbedarf
redlich das ganze Jahr auf freiem Land. Sie wachsen
langsam und auf ihren Körperfettgehalt wäre jeder Fit-
nesstrainer neidisch.

Auch unsere Chefköchin Hannelore schwört übrigens auf Jupps Rüssel- und Geschmacksträger. Ihr Schweinebraten ist unerreicht und lockt auch absolut asexuelles Volk zwecks oraler Vergnügungen ins „Diana". Wie ich schon mehrfach erwähnte, unser Unternehmen hat einen Ruf zu verteidigen, was kultivierte Sauereien angeht.

Sattelschweine heißen übrigens nicht Sattelschweine, weil auf ihnen dereinst kurzbeinige Eingeborene in die Schlacht ritten, sondern aufgrund ihrer charakteristischen Färbung.

Die man allerdings, liegen sie erstmal nebst Knödel vor einem auf dem Teller, nicht mehr sieht. Deswegen erzähle ich Ihnen davon, Sie sollen hier ja schließlich noch was lernen.

Gerade war nun wieder einer der gemütlichen Grunzer Opfer seiner eigenen Schmackhaftigkeit und eines Bolzenschussgerätes geworden. Frisch gemetzelt war Verwertbares von weniger Begehrtem getrennt worden, was Pit, den Schalk im Nacken, auf eine Idee gebracht hatte.

Einen großen Eimer voller Schweineknochen im Arm war er nach dem Schäferstündchen mit Marleen im Schutze der Dunkelheit zurück zum Schauplatz des Osterfeuers geschlichen. Den Rest können Sie sich in etwa denken.

Pit hat die Sache übrigens überlebt. Knapp. Wolfgang hatte nämlich eine eher rustikale Art an den Tag gelegt, seine Freude zu zeigen, dass sein Nebenbuhler und Schützenbruder nun doch nicht als Schmorbraten im Traktorreifen klebte.

Was solls, so eine gebrochene Nase ist schließlich kein Beinbruch.

Tja, hier auf dem Land fallen Scherze und Leberwurst gern mal etwas gröber aus. Zum Glück ist man in der Regel nicht nachtragend, Neckereien und Streiche wie der oben wiedergegebene sind häufig schon nach ein, zwei Generationen vergeben und vergessen.

Apropos Generationen. Marleen heiratet demnächst. Allerdings weder Wolfgang noch Pit. Sondern Herbert, Erbe eines Fleisch- und Wurstwarenimperiums. Unter Jupps Sattelschweinen macht sich, so hört man, eine gewisse Unruhe breit.

Personenverzeichnis

Anna, Nachwuchs-Domina und Tochter von Bine

Anton, Dachdecker-Azubi

Armin, Gehörnter Ehemann von Bine

Bine, Ehefrau von Armin

Birgit, Noch-Ehefrau von Tom, Geliebte von Peter

Britney, Barfrau im „Diana"

Carlotta, Sekretärin von „Papa"

Claudia, Chefin des Hotels „Eichengrund"

Detlef, Lover von Hiltrud

Eliza, hochschwangere Zumba-Trainerin

Ewa, ebenfalls hochschwanger, aber von Janosch

Francesca, kalabrische Hochzeitsplanerin

Fridolin, kalifornischer Seelöwe

Gerd, Gartencenterbesitzer, Ehemann von Kerstin

Hannelore, Küchenchefin

Helga, rüstige Omi

Hein, Seemann und Knotenpapst

Hiltrud, erschöpfte Kinderpsychologin

Hinnerk, Robbenflüsterer

Ivo, Postbote und Teilzeitgangster

Janosch, Trucker und werdender Vater

Jean-Jacques, Sternekoch, Bruder von Hannelore

Jupp, Landwirt und Großgrundbesitzer

Kerstin, Ehefrau von Gerd

Kuno, ein ausgestopfter Eisbär

Lena, Managementtalent

Lotta, ehrgeizige Ehefrau von Ivo

Manuel, Tüftler und zukünftiger Multimillionär

Margot, Türsteherin

Marleen, Großbauerntochter und Hoferbin

Martina, Lenkerin eines Schülermassentransportmittels
Mathew-Leon, verzogenes Gör von Hiltrud
Mette, Tierpflegerin aus Kopenhagen
„Papa", Gangsterboss kurz vor der Pensionsgrenze
Pauline, Meisterin der Dachdeckerkünste
Peter, Autohausbesitzer
Petra, nymphomane Eventmanagerin
Pit, Feuerwehrmann mit eigenwilligem Humor
Ritschie, auch ein Lover von Hiltrud
Rudi, ortsansässiger Bauunternehmer
Seppi, oberpfälzischer Erzeuger von Mathew-Leon
Sofie, Ex-Chefin des „Diana"
Susi, BDSM-Beauftragte im „Diana"
Toni, begnadeter Autoschrauber
Wolfgang, Jungbauer

Und Bella und ich.

Stille Tage in Rungholt (2018)

Zusammenfassung

Die vorherigen 17 Kapitel sind im Buch „Bella!" sowie im Sammelband „Rungholt" enthalten. Hier ein Überblick:

Kapitel 1 – Anreise
Wie man nach Rungholt kommt.

Kapitel 2 – Krabben!
Was man dort so isst.

Kapitel 3 – Tourismus
Wer noch alles da ist und vor allem warum.

Kapitel 4 – Strandräuber
Was achtern Diek in der Nacht geschieht.

Kapitel 5 – Getränke
Warum es zwar Bier auf Hawaii aber keine Milch in Rungholt gibt.

Kapitel 6 – Geschichte(n)
Wieso die Reichsflugscheibe im Halteverbot steht.

Kapitel 7 – Teatime
Wie der Earl Grey ungeplant und unverzeihlich seinen Weg in die Welt fand.

Kapitel 8 – Globalisierung
Was der Senegal mit Thermounterwäsche zu tun hat.

Kapitel 18 – Tote Fische und die GEZ

Wir wollen uns nun einstweilen vom Liebesleben der Rungholter ab- und der mindestens ebenso bunten dortigen Medienlandschaft zuwenden. Wir gehen dazu zurück ins Jahr 1264. Sie wissen schon, das war das Jahr in dem Papst Urban IV. die Bulle "Transiturus de hoc mundo" promulgierte.

Sie haben jetzt sicher ganz viele Fragen. Warum es "die Bulle" und nicht "der Bulle" heißt? Ob Promulgatoren gemäß EU-Lebensmittelverordnung auf der Packung als Inhaltsstoff ausgewiesen werden müssen? Und was der vierte Urban denn mit Rundfunk, Fernsehen und Printmedien zu tun hat?

Gemach, gemach. Auch fürderhin benötigen Sie kein kleines Latinum, um hier mitzukommen. Wir werden alles schön der Reihe nach einer Aufklärung zuführen. Eine Bulle ist kein Rindvieh, das statt dem Metzger dem generischen Femininum zum Opfer gefallen ist, sondern so eine Art Erlass.

Weil "Erlass" aber wenig päpstlich klingt und "Dekret" irgendwie nach ekliger Körperflüssigkeit, zumal wenn man bedenkt, dass der Heilige Stuhl sie absondert, beschloss man, Postings vom Holy Father fortan Bulle zu nennen. Vom lateinischen Bulla. Die Blase. Kennen Sie aus Comics.

Besagter Bulle aus dem 13. Jahrhundert nun verdanken die südlichen Gefilde unseres - aus konfessionellen und anderen vorgeschobenen Gründen - seit damals

mehrfach und in allen Quer- und Längsrichtungen ge-
teilten Landes nämlich den Fronleichnams-Feier- samt
zugehörigem Brückentag.

Es befindet sich allerdings in der Urfassung von "Transiturus de hoc mundo" ein wenig beachteter Passus von
großer Tragweite, was dazu führte, dass sich das ver-
gilbte Original nun im vatikanischen Geheimarchiv befindet. Zu dem nur Dienstgrade vom Papst an aufwärts
Zutritt haben.

Nun stand damals in Rom, sagen wir, die Keuschheit
vielleicht sogar noch etwas weniger hoch im Kurs als
heutzutage. Ein durchschnittlicher Kurienkardinal ver-
schliss, das berichten zeitgenössische Quellen gehässig,
so zwischen vier und zwölf weibliche Hausangestellte
pro Jahr.

Man warb daher entsprechendes Fachpersonal in der gesamten damals bekannten Welt an. Was dann auch die
reiselustige Gisela Baedekersen ins ferne Italien ver-
schlug. Sie fand Anstellung in der päpstlichen Küche
und war für das leibliche Wohl des Stellvertreters Christi
auf Erden mitverantwortlich.

Gisela verfolgte gerade einige widerspenstige Erbsen aus
den vatikanischen Gemüsegärten über den leicht ab-
schüssigen Küchenboden, die sich beharrlich weigerten,
zum Leipziger Allerlei des Heiligen Vaters zu konvertieren. Eine Angelegenheit von nicht zu unterschätzender
Brisanz.

Täglich kamen Obst und Gemüse auf den Tisch des
Hauses, da verstand Arminius, seines Zeichens

päpstlicher Leib- und Magenkoch, keinen Spaß. Legendär sein Antrag auf Amtshilfe, der einmal dazu geführt hatte, dass selbst das vatikanische Wachpersonal bei der Rübenernte hatte helfen müssen.

Die Hellebarden der Schweizer Garde erinnern noch heute an dieses ansonsten vergessene Ereignis, als dereinst die martialische Leibwache des Heiligen Vaters ihre scharfen Schwerter gegen grobe Grabhacken tauschte, um dem kargen Boden vitaminreiche Runkeln zu entreißen.

Eine Verstopfung auf dem Heiligen Stuhl nämlich konnte zur damaligen Zeit durchaus weitreichende weltpolitische Konsequenzen nach sich ziehen. Die letzten beiden Kreuzzüge hätte es vielleicht bei einer ballaststoffreicheren Ernährung des Papstes nie gegeben.

Als Gisela schließlich erfolgreich auch die letzten beiden Erbsen ihrer Bestimmung zugeführt hatte, rümpfte sie kurz die Nase. Was war das für ein seltsam vertrauter und doch zugleich fremder Geruch? Sie schnüffelte der merkwürdigen Ausdünstung hinterher. Seefisch. Eindeutig.

Das war selten, denn zumeist kam lediglich moorig müffelnder Teichfisch auf den Tisch des Bischofs von Rom. Von der Fastenzeit frustrierte kuttentragende Klosterbewohner kultivierten in trüben Tümpeln kapitale Karpfen, um dann den grätigen Gründler gar zu kochen, bis sein trauriges Auge bricht.

Es gab ja zur damaligen Zeit noch keine Kühlkette, die unterbrochen werden konnte. Ein im Mittelmeer

gefangener Seewolf entwickelte, bis er zu den ihn sehn-
süchtig erwartenden Köchen gelangte, einen auch seinem vierbeinigen Namensvetter der Gattung Canis Lu-
pus gut zu Gesicht stehenden Pelz.

Doch hier lag der Fall anders. Gisela dachte sehnsuchtsvoll an daheim, wo man an rauen Küsten freien Fisch
aus salzigen Wogen fing, um ihn in heißer Pfanne mit
gebotenem Respekt und auf der Haut zu braten. Nein.
Kein ihr bekannter Fisch entwickelte derartige Ausdüns-
tungen.

Das Alt-Rungholtinische kennt 574 Wörter für die unterschiedlichen Verwesungsgrade von Meeresgetier.
Wenn sich also jemand damit auskennt, wie toter Fisch
riechen darf und wie nicht, dann war es eine Deern von
der Waterkant. Und hier war etwas oberfaul.

Gisela folgte misstrauisch der durch die Hallen wallen-
den Duftspur bis in den Speisesaal des Palastes. Gerade
war der Fischgang aufgetragen, Papst Urban schwang
bereits die Gabel, um der knusprig gebratenen Dorade
näherzutreten.

Als er ein Stück des leckeren Filets zum Munde führte,
kam es am anderen Ende des langen Tisches zu einer
gewissen Unruhe. Zwei muskulöse Leibwächter versuchten, eine stämmige Frau mit langen blonden Zöp-
fen niederzuringen.

Wer in Gottes Namen wagte es, die Nahrungsaufnahme
seines Stellvertreters auf Erden zu stören? Und was war
mit dieser Hexe los? Vermutlich ein Dämon. Der ebenfalls anwesende Haushofmeister überschlug bereits im

Kopf die Brennholzvorräte, doch, für einen zünftigen Scheiterhaufen sollte es reichen.

Sie sprach in einer fremden Zunge. Es war, als würde jemand in einen niederbayerischen Bäckerladen kommen und „Moin" sagen. Niemand verstand, was die Frau wollte, das war zwar an sich nichts Besonderes, aber wieso rief sie immer wieder zwischendurch „Gift! Gift!"?

In letzter Sekunde, dem hungrigen Papst lag die würzige Dorade bereits buchstäblich auf der Zunge, schaltete der als Aushilfskellner eingesetzte Bruder Josephus. „Gift! Gift!" rief er, woraufhin ein ausgespucktes Stück Fisch durch den Raum flog. Interessiert schnupperte der verfressene Labrador Asparagus daran.

Asparagus, zu Deutsch Spargel, hieß der treue Hund übrigens wegen seiner unerträglich riechenden Duftmarken, die er gern an den polierten Marmorsäulen des päpstlichen Domizils hinterließ. Der vierbeinige Produzent olfaktorisch problematischen Urins knurrte das Stück Fischfilet böse an.

Irgendetwas stimmte hier wirklich nicht. Derlei war noch nie beobachtet worden. Kein Speiserest noch so obskurer Qualität war jemals vor Asparagus sicher gewesen. Gisela, von vier starken Männer zu Boden gehalten, wurde zögerlich losgelassen.

Sie scheuerte einem der groben Kerle gehörig eine, er hatte die Gunst der Stunde genutzt, und ihre üppige Oberweite auf verborgene Waffen abgetastet. „Fass mi noch eima anne Möpse un du kannsas mitn Nachwuchs vergeten. För jümmers."

Keiner hatte verstanden, was sie gesagt hatte, aber jedem war klar, was sie meinte. Monsignore Toxicus, der Fachmann für Gifte aller Art, den gab es in jenen Zeiten ohnehin kurzer Lebenserwartung in jedem gut geführten Haushalt, wurde spornstreichs herbeigerufen.

Der Urheber des fürwahr unsportlichen Angriffs auf des Papstes Leib und Leben ward schnell ausfindig gemacht. Ein ehrgeiziger Kardinal wurde der heimtückischen Giftmischerei überführt.

Der übersetzte Titel der Bulle lautet übrigens „Als er die Welt verlassen wollte". Dies bezog sich allerdings auf den Heiland und keineswegs darauf, dass der Papst des Lebens und der Ballaststoffe überdrüssig gewesen wäre. Dies wurde schnell als Schutzbehauptung des geständigen Giftmischers, eines gewissen Kardinals Vitus Vitium, entlarvt.

Dieser Vitus, ein übler Ehrgeizling und, wie gerüchteweise verbreitet wurde, Frucht der Lenden des durchaus sinnenfrohen vorherigen obersten Kirchenchefs, hatte sich eigentlich Hoffnung auf die zeitnahe Übernahme des Familienunternehmens gemacht.

Er wurde stattdessen zur Abkühlung seines hitzigen Temperaments auf einen Missionarsposten etwas nördlich von Spitzbergen versetzt und fand sein schnödes Ende im knurrenden Magen eines ungetauften Eisbären.

Vitium bedeutet übrigens „Fehler", womit wir auch gleich nebenbei die Herkunft des Begriffs „Kardinal Fehler" geklärt hätte. Aber möglicherweise ist diese Geschichte aus der Zeit Urbans des Vierten auch nur eine Urban Legend. Damit wäre dann noch ein weiteres geflügeltes Wort etymologisch aufgeklärt.

Der überaus dankbare Papst stand nun vor einem Dilemma. Wie sollte er die brave Gisela angemessen belohnen? Die vatikanischen Schatullen waren leer, denn weder der einträgliche Ablasshandel noch die überaus komfortable Kirchensteuer waren zum damaligen Zeitpunkt schon erfunden. Und an seiner Sammlung Sanifair-Bons hing er mit ganzem Herzen.

Bruder Serpentius, der schlitzohrige Schatzmeister seiner illiquiden Heiligkeit, hatte da so eine budgetschonende Idee. Er flüsterte sie leise in das päpstliche Ohr und erntete ein wohlwollendes Nicken.

Und so begab es sich, dass in einer eiligst formulierten Fußnote der gerade fertiggestellten Bulle zum Fronleichnamsfest geregelt ward, dass von nun an und auf immerdar niemand das Recht haben solle, im Kirchspiel von Rungholt Geld oder Gold einzufordern und sich dabei auf den Willen einer höheren Macht zu berufen.

Was bis in unsere Tage die Erhebung von Rundfunkgebühren in Giselas Heimatort kategorisch ausschließt. Agenten der GEZ hatten über Jahrzehnte versucht, der letzten verbliebenen und beglaubigten Abschrift der Bulle habhaft zu werden. Ohne Erfolg.

Die Grundsteinlegung der alten Rungholter Felsenkir-
che fand übrigens Anno Domini 1265 statt. Und wie
auch damals schon üblich, versiegelte man einige typi-
sche Gegenstände und Dokumente in einer Zeitkapsel.

Selbst der GEZ ist die Sprengung des hochgotischen
Sakralbaus eine Nummer zu heikel, weshalb sie bis auf
den heutigen Tag darauf beharrt, das Kirchspiel von
Rungholt sei mit Mann und Maus abgesoffen und die
päpstliche Urkunde, die es selbstverständlich ohnehin
nie gegeben hat, damit sowieso null und nichtig.

Sie halten die ganze Geschichte für erstunken und erlo-
gen? Lassen Sie mich eine unanfechtbare Beweisführung
antreten.

Finstere Organisationen ändern bekanntlich gern von
Zeit zu Zeit ihren Namen, um von ihrer verwerflichen,
blutigen Vergangenheit abzulenken. Deswegen wurde
aus der römischen Inquisition irgendwann die Glau-
benskongregation und aus der GEZ der „ARD ZDF
Deutschlandradio Beitragsservice".

Wenn man nun dort mal nachfragt, wie viele Gebühren-
bescheide denn pro Jahr nach Rungholt versendet werden, so erhält man die banale Auskunft „kein einziger".

Womit klar und quasi amtlich belegt wäre, dass Rungholter Bürger nach wie vor und wie seit ehedem von der
Pflicht zur Zahlung der Rundfunkgebühren komplett
befreit sind.

Kapitel 19 – Irgendwas mit Medien

Derart befreit von der Last staatlichen Rundfunks entwickelte sich bereits zu Zeiten von Drahtfunk und Stummfilm eine imposante Medienindustrie in Rungholt, die der Hollywoods in nichts nachsteht. Gut, bei der Anzahl Sonnenstunden pro Jahr liegen die Kalifornier knapp vorn.

Filmstudios, Radio- und Fernsehsender, Casting-Agenturen und Fastfood-Läden zur Beschäftigung arbeitsloser Schauspieler schossen wie Pilze aus dem Boden. Die Rungholter Colt-Seavers-Akademie zur Ausbildung von Stuntleuten genießt Weltruhm.

Vom Monumentalfilm bis zum Werbespot und von der Kochshow bis zum Splatterhorror, hier wird alles produziert, was der Konsument verlangt. Da der Heimatmarkt überschaubar ist, Rungholt hat schließlich noch weniger Einwohner als Kiel, hat man sich von jeher am Weltbedarf orientiert.

Man bedient sich vielfältiger Tricks, um die wahre Herkunft der Produktionen zu verschleiern. Man gibt beispielsweise vor, es handele sich um skandinavische Ware. Ich bitte Sie, Erfolgsserien aus Dänemark? Das glaubt nur, wer will. Und so richtig gelogen ist es ja auch nicht.

Weltbekannte Regisseure geben sich hier die Klinke in die Hand. Es gereicht dabei Rungholt zum Vorteil, dass es, da offiziell inexistent, mit keinem Land der Welt ein Auslieferungsabkommen unterhält. Und moralische

Skrupel sind im Strandräuber-Erbgut ohnehin nicht zu finden.

Wenden wir uns nun dem aktuellen Geschehen in den Metro-Goldwyn-Knudsen-Studios zu. Hier wird gerade der verschollene vierte Band der Hobbit-Trilogie verfilmt. Nebenan, bei 14th-Century Fox entsteht, weltweit heißersehnt und langerwartet „Titanic, die Rückkehr".

„Der letzte Heuler", eine rührselige Romanze um die reizende Robbenpflegerin Roswitha und den schüchternen Seehundswart Siegurd soll demnächst für den amerikanischen Markt neu verfilmt werden. Mit Tom Hanks in der Rolle seines Lebens als sprechender Hering Harald.

Kurz vor ihrem Export in andere Märkte steht die beliebte Dokusoap „Schabe Fertig" mit täglichen halbstündigen Berichten aus der Praxis von Kammerjäger Robert Rodentsen. Auch die Sendung „Wer im Glashaus sitzt" mit Gärtner Torben Torfsen erfreut sich einer treuen Anhängerschaft.

Von der Serie „Gute Gezeiten, schlechte Gezeiten" wurde gerade Folge 12.328 abgedreht. Etwa alle 500 Folgen ertrinkt ein Protagonist unter dramatischen Umständen in der schäumenden Nordsee.

Am nächsten Morgen, die Wolken haben sich unterdessen verzogen, verlässt sein Nachfolger im Hafen von Althaflingersielskoog die erste Fähre des Tages und schaut sich neugierig in dem pittoresken, aber von nervenzerfetzenden Intrigen und seelischen Abgründen heimgesuchten Fischerdorf um.

Für Ilse Bilsen, die die weibliche Hauptrolle der Billa Ilsen spielt, war eigentlich Ähnliches geplant gewesen. Ihre ungeheure Beliebtheit beim Publikum hatte aber dazu geführt, dass ihr kein Haar gekrümmt wurde.

Schon ein simpler Nieser in einer der Folgen brachte Tausende Anrufe besorgter Fans, ob Billa sich möglicherweise eine lebensbedrohliche Influenza zugezogen hatte. Und ganz blass sei sie um die Nase.

Spendernieren wurden angeboten, ein besonders enthusiastischer Anhänger schickte gleich eine ganze Kühlbox voller Blutplasma für eventuell notwendig werdende Transfusionen.

Ein von böswilligen Neidern des Serienerfolgs ins Gespräch gebrachter Kausalzusammenhang mit dem nahezu zeitgleichen Fund mehrerer fachgerecht geschächteter Frauenleichen in Fürstenfeldbruck konnte nie bewiesen werden.

Nein, beruhigte man die besorgte Zuschauerschaft, eine kleine Allergie gegen Strandhafer, weiter nichts. Wirklich. Es dauerte knapp 100 Folgen ohne auch nur ein Nasentröpfeln bis auch die letzten Zweifler überzeugt waren.

Auf jeden Fall ist Billa Ilsen nun seit 12.327 Folgen dabei, hat seitdem 24 heißblütige Lover verschlissen, sich zigfach das Herz brechen lassen und sich dabei nicht einmal einen Herpes eingefangen.

Sie wurde erst in der zweiten Folge eingeführt, das haben Sie richtig bemerkt, als die erste gedreht wurde, arbeitete Sie noch auf der Fähre und verkaufte im Kiosk Bockwurst mit Senf, Tabletten gegen Seekrankheit und Vordrucke mit der Überschrift „Mein letzter Wille".

Hier nun wurde sie von Regisseur, Drehbuchautor, Produzent, Kameramann und Visagist Helmut H. Hellmutsen entdeckt und vom Fleck weg engagiert. Seine bisherige Hauptdarstellerin war nämlich nach nur einer Folge abgesprungen.

Man muss dazu wissen, dass in der Pilotfolge aus Kostengründen die weibliche Hauptrolle mit Gudrun, der Gemahlin von Hellmutsen, besetzt war. Die männliche natürlich mit ihm selber. Gudrun war dann, mangels viriler Alternativen am Set, mit Ole, dem Beleuchter, durchgebrannt.

Kapitel 20 – Erdbeerwochen

Die ausgehende Spargelzeit markiert in Rungholt wie vielerorts den Beginn der Erdbeerhochsaison. Die süßen roten Früchte aus heimischem Anbau sind auch im rauen Nordfriesland von keiner ernstzunehmenden Kaffeetafel wegzudenken.

Ab einem gewissen Reifegrad werden sie dann, wie seit Menschengedenken üblich, zu wohlschmeckendem Brotaufstrich verarbeitet. Oder, sofern die Reifung noch weiter fortgeschritten ist, durch Aufguss mit Mineralwasser zu hochprozentiger Erdbeerbowle.

Über die Jahrzehnte hat sich in Rungholt ein gesundes Oligopol gebildet. Zwei Erdbeermagnaten beherrschen den Markt. Kleine Renegaten, die mit Feldgrößen unter einem Hektar versuchen, Fuß zu fassen, werden schnell und konzertiert niedergekämpft.

Was nicht bedeutet, dass sich der Erdbeerhof Petersen und Boysens Beerenwelt nicht bis aufs Blut bekämpfen würden. Nur gegen gemeinsame Feinde gehen sie konsequent zusammen vor.

Allein der Wettbewerb um die umsatzträchtigsten Plätze für die mobilen Erdbeerstände stellt die Revierkämpfe verfeindeter Unterweltclans im Chicago der 30er Jahre in den Schatten.

Um jede verkehrsreiche Straßenkreuzung, jede Haltebucht und jeden Supermarktparkplatz wird erbittert gekämpft. Alte Rechte werden geltend gemacht, im Extremfall verweist man auf Ansprüche aus der

Herrschaftszeit Rollos, des Wikingers. Ein ausgewiesener Liebhaber von Erdbeeren mit Schlagsahne übrigens.

Der Erdbeerkrieg der Saison 1985 ist allen Liebhaber dieser süßen Früchte noch in guter bzw. unguter Erinnerung.

Während Paul Petersen auf schnell auf- und abbaubare klassische Erdbeerstände aus Brettern und Segeltuch setzt, hatte Brunhilde „Bruni" Boysen in jenem denkwürdigen Jahr massiv in Verkaufswagen in Form einer überdimensionierten Erdbeere investiert.

Deren naturgegebene Kugelform hatte Konkurrent Petersens eher grob geschnitzte Mannen auf die Idee gebracht, mit ihnen auf der Hauptstraße das Boßeln zu praktizieren. Teilweise noch mit Verkaufspersonal an Bord.

Boßeln kennen Sie nicht? Nun, wenn man bedenkt, dass südlich von Hannover für den Norddeutschen die bevölkerungsreichen Voralpen beginnen und flache, lange, gerade Straßen eine nahezu unentbehrliche Voraussetzung für diese Sportart sind, ist das vermutlich kein Wunder.

Im Prinzip geht es darum, etwas Rundes mit möglichst wenigen Würfen über eine vorgegebene Strecke zu befördern und erst nach Erreichen des Ziels mit einer Alkoholvergiftung ins Krankenhaus eingeliefert zu werden. So eine Erdbeerbude rollt übrigens, mit etwas Rückenwind, locker 20 Meter weit. Habe ich gehört.

Unsportlicherweise wurde nach dem Boßelturnier eine nach der anderen von Petersens klassischen Holzbuden Opfer einer spontanen nächtlichen Selbstentzündung.

Als Vergeltung befüllte man das nagelneue und leichtsinnigerweise mit offenem Verdeckt abgestellte Cabrio von Bine Boysen, der Tochter der Chefin, bis zum Rand mit Erdbeeren. Allerdings mit solchen, die aufgrund ihrer blaugrünen Farbe sogar für die Smoothie-Herstellung nicht mehr taugten. Hipster waren blöd, aber nicht farbenblind.

Man munkelt, einzelne Erdbeeren hätten versucht, selbst wieder aus dem Auto herauszukriechen. Auf jeden Fall dürfte damit klar sein, warum man ein Golf 1 Cabrio bis heute „Erdbeerkörbchen" nennt.

Die Sache eskalierte nun vollends.

Der Explosion eines 1000-Kubikmeter-Gülletanks am Neuhoopdiekswarder Hauptdeich, die zur Verseuchung mehrerer Hektar Anbaufläche bei Petersen führte, folgte die Manipulation von Boysens Bewässerungsanlage mit der Folge, dass 10 Hektar bestes Erdbeerland tagelang mit Salzwasser beregnet wurden.

Da der Pro-Kopf-Verbrauch an Erdbeeren unter der Rungholter Bevölkerung den bundesdeutschen um ein Vielfaches überschreitet, mussten entsprechende Ernteausfälle natürlich durch Importe kompensiert werden.

In ganz Norddeutschland verschwanden daraufhin mit Erdbeeren beladene Lastwagen und tauchen leer abgestellt irgendwo anders wieder auf. Die Fahrer waren allesamt mit Erdbeerlikör dermaßen abgefüllt, dass von ihnen keine hilfreichen Aussagen hinsichtlich der Täter zu erwarten waren.

Der Transport von Frischware von den ausgedehnten Beerenfeldern der norddeutschen Tiefebene zu den Supermärkten erfolgte nur noch unter Begleitung von schwerbewaffneten Sicherheitskräften, was die erschreckende Verlustrate schließlich eindämmte. Ein Gedenkstein aus erdbeerfarbenem Marmor in der Rungholter Ortsmitte erinnert noch heute an die Opfer auf beiden Seiten.

In der Konsequenz führte die verschärften Sicherheitsmaßnahmen zu Versorgungsengpässen in Rungholt. Das Volk begehrte auf, und so wie Honecker es nicht schaffte, den DDR-Bürgern das leidige devisenverschlingende Kaffeetrinken abzugewöhnen, so wenig war es möglich, den Rungholtern ihren Erdbeerkuchen mit Schlagsahne madig zu machen.

Erst das beherzte Eingreifen von Ortsbürgermeister Rollo Beerensen brachte schließlich die Streithähne an einen Tisch. Niemand in Rungholt legt sich mit einem Rollo an. Seitdem herrscht eine Art angespannter Burgfrieden, doch der kleinste Funke könnte die Auseinandersetzungen wieder entfachen.

Seither ist auch die Versorgung der Rungholter Konfitürewerke Justine Johannsen AG wieder gesichert. Das Unternehmen verfügt europaweit über einen signifikanten Marktanteil bei Fruchtaufstrichen und exportiert in alle Welt. Sie kennen kein Pflaumenmus made in Rungholt? Kein Wunder.

In Deutschland werden Marmeladen aus Rungholt nämlich unter dem französischen Markennamen "Grand-
mère Justine" verkauft. Für die Franzosen kommt sie als
„Mamma Justina's Confittura extra di Fragole" unzweifelhaft aus Italien. Italiener wiederum lieben dänische
Marmelad von „Bedstemoder Justine". Und so weiter
und so fort.

Und da niemand auf die Idee kommt, im jeweiligen ver-
meintlichen Heimatland der süßen Köstlichkeit mal
nach einer entsprechenden Marmeladen-Fabrik Aus-
schau zu halten, funktioniert das alles ganz prächtig und
mehrt den Rungholter Außenhandelsüberschuss.

Nun wissen wir alle, dass man für Marmelade neben
Früchten vor allem eine weitere Zutat benötigt. Zucker.
Und zwar sehr viel davon. Schon zu Beginn des 20.
Jahrhunderts verschlang die lokale Konfitürenproduk-
tion mehr Zucker, als die gesamte Rungholter Rübenan-
baufläche hergab.

Zucker, auch das ist allgemein bekannt, ist ein Abfall-
produkt der Rumproduktion. Rungholt als mit Abstand
größter europäischer Rumimporteur profitierte von seinen traditionell guten Handelsbeziehungen in die Karibik, wo das Zuckerrohr wächst wie anderswo der
Giersch.

Gestatten Sie mir einen kleinen Exkurs zur Rumproduktion. Man nimmt dafür die Halme des Zuckerrohrs, die
nach der Ernte zerhackt und gepresst werden. Aus dem
entstehenden Sirup gewinnt man dann Melasse. Die
braucht man für den Rum. Und Kristallzucker. Den
braucht man eigentlich erst später. Wenn der Rum fertig

ist und mit heißem Wasser aufgegossen wird. Blödes Timing irgendwie.

Angesichts des enormen Weltbedarfs an Rum wäre die Karibik mittlerweile ein einziger, großer Zuckerhut, gäbe es nicht das alte, wenn auch geheime, Handelsabkommen mit Rungholt.

Die großen Rumtransportschiffe der Reederei Hansen wurden so umgebaut, dass sie neben Rumfässern auch Zuckersäcke transportieren konnten.

Weil die Mengenverhältnisse aber nicht konstant waren, mal fiel mehr Kristallzucker an, mal mehr Rum, ersann flugs Uwe Hansen, der findige Sohn des alten Reeders, praktische, genormte Blechkisten.

Man konnte sie im Laderaum stapeln, auf Lastwagen oder die Eisenbahn verladen und bei Zollkontrollen spurlos über Bord werfen. Egal ob Rumfässer drin waren, Zuckersäcke, salzdruckimprägnierte Pfahlmuscheln oder Trockenquallen.

Natürlich hat dann nach dem Krieg irgend so ein Ami die Erfindung des Containers für sich reklamiert. Kennen wir ja schon vom Telefon.

Doch so ganz ist die Erinnerung an den, der als erster die Idee hatte, nicht verschwunden.

Haben Sie sich mal so einen Seecontainer etwas näher angeschaut, z.B. im Stau, wenn vor Ihnen ein Laster steht und stinkt? Jeder Container trägt eine eindeutige Identifizierungsnummer. Die ersten drei Buchstaben geben dabei den Besitzer an. Einer mit „MSK" gehört z.B.

der Reederei Maersk aus Dänemark. Der vierte Buchstabe ist immer ein „U". Für Uwe. Der Rest ist unwichtig.

Wo waren wir? Ach ja. Auf diese Weise konnte gleichzeitig die Rungholter Konfitürenindustrie vor Unter-und die Karibik vor Überzuckerung bewahrt werden. Auch medizinische Laien wissen, wie gefährlich beides werden kann.

Kapitel 21 – Knollen und Knöllchen

Überhaupt, die Rungholter Landwirtschaft. Lange stand sie im Schatten der dominierenden Industriezweige. Fischfang und Piraterie. Nachdem immer mehr in der Nordsee heimische Flossenträger der Überfischung zum Opfer gefallen sind, geraten nun zunehmend Ackerbau und Viehzucht in den Fokus der Ökonomen.

Auskunft über das Wohl und Wehe der nordfriesischen Volkswirtschaft gibt uns Hans Wernersen, Leiter des angesehenen „Instituts der Rungholter Wirtschaft", kurz IRWISCH.

Sie erinnern sich noch an die in Rungholt so beliebten Rettungsring-Pommes? Die, die sich nach Verzehr gern mal in Gestalt von Fettpölsterchen um die Körpermitte herum ansiedeln? Nun, deren Produktion und Verbrauch sind die mit Abstand wichtigsten Kennzahlen, um den Gesundheitszustand der örtlichen Wirtschaft zu ermitteln.

Sie werden ausschließlich aus vor Ort angebauten Kartoffeln hergestellt, hier produziert und auch ausschließlich in Rungholt verzehrt. Für den Export sind schlichtweg nie welche übrig, nur vereinzelt gelingt es, welche über die Ortsgrenze zu schmuggeln. Viel weiter als bis Husum gelangen sie in der Regel nicht, dafür sind sie einfach zu lecker.

Die Kartoffel gelangte, so die heute verbreitete Annahme, irgendwann im 16. Jahrhundert nach Europa. Mitgebracht von spanischen Konquistadoren, die den amerikanischen Kontinent so weit ausgeplündert hatten, dass man die für Gold, Silber und Geschmeide konstruierten Schatzschiffe mit Ballasterde auffüllen musste, um ihre Seetüchtigkeit zu erhalten.

Eine dieser Galeonen endete unglücklich und geringfügig nach Norden vom Kurs abgekommen am Rungholter Strand. Versierte Fachkräfte nahmen sich ihrer an und binnen dreier Tage war von dem stolzen Schiff nur noch der Nachttopf des Kapitäns übrig. Der war dermaßen eklig, den mochte keiner der hartgesottenen Strandräuber anfassen. Weiß der Himmel, was der Mann gegessen hatte, bevor er seinen Kahn auf Grund setzte.

In den Laderäumen fand sich kaum etwas Verwertbares. Frustriert kickte Pole Pombärsen eine merkwürdige, etwa kürbisgroße Knolle über den Sammelplatz für Strandgut. Ihre Flugeigenschaften waren besser als erwartet, sie landete unter lautem Zischen in einem Kessel der benachbarten Waltransiederei.

Dem fluchenden Siedemeister Sigurd Funzelsen gelang es nach einiger Zeit, den brutzelnden Klumpen mit einem Enterhaken aus dem brodelnden Tran zu ziehen. Gerade wollte er ihn Pole an dem Kopf knallen, diesem Volltrottel, als ihm ein verführerischer Geruch in die Nase stieg.

Er schnüffelte an der Kartoffel, ohne zu wissen, dass es sich um eine solche handelte, zog sein Taschenmesser heraus und schnitt ein Stück von der knusprig braunen Kruste ab, die sich durch das Bad im heißen Fett gebildet hatte.

Deibel ook. Dat is legger. Nun versöhnlicher gestimmt reicht Sigurd auch Pole ein Stück. Die gleiche Reaktion. Verdammich. Da war man etwas kulinarisch wirklich Großem auf der Spur.

Die traditionelle Zubereitungsweise für Rettungsring-Pommes war geboren. Sie hat sich seit jener Zeit kaum verändert, nur dass man heute schwerer an Wal-Tran herankommt und die Erdäpfel daher in Robbenfett aus-gebacken werden. Aber dazu später mehr.

Man benötigt, Ihnen als aufmerksamer Beobachter wird das sicherlich schon aufgefallen sein, ganz besonders große Kartoffeln. So große, dass selbst die dümmsten Bauern Probleme hätten, Sie aus herkömmlichem Saat-gut zu produzieren.

Zum Glück hatten sich im Schiffsbauch der Galeone die letzten Exemplare einer ansonsten ausgestorbenen Sorte erhalten. Sie ist heute bekannt unter dem Begriff „Rung-holter Riesen".

Bei den Inkas hatte sie natürlich auch einen Namen, der allerdings so unaussprechlich war, dass man ziemlich si-cher ist, dass er zur Vernachlässigung dieser Feldfrucht in der südamerikanischen Agrarökonomie nachhaltig beigetragen hat.

Rungholter Riesen schwanken in der Größe zwischen einem Fußball nach FIFA-Norm und einem Medizin-ball. Sie gedeihen vorzüglich im weichen, morastigen Boden, der hier vorherrscht.

Zur Produktion besagter Rettungsring-Pommes werden nun die größten Exemplare ausgewählt und in siedendes Fett geworfen. Nach einigen Minuten schält man, heutzutage natürlich vollautomatisch, die knusprige Randschicht ab und wirft die Kartoffel zurück.

Der Vorgang wiederholt sich bis nur noch ein murmelgroßer, ungenießbarer harter Knubbel übriggeblieben ist, den man landläufig Knorz nennt. Die gesammelten Knorze dienen dann als potenter Brennstoff für das Blockheizkraftwerk Stinkbüdelsdiek.

Woher, werden Sie sich fragen, kommt aber das viele benötigte Robbenfett? Sind diese Tiere nicht genauso vom Aussterben bedroht wie die Wale? Ich kann Sie diesbezüglich beruhigen. Es handelt sich um extra für die Trangewinnung gezüchtete, domestizierte Hausseehunde mit besonders dicker Speckschicht.

Diese werden auch keineswegs ihres Fettes wegen dahingemetzelt, sondern an großen Farmstränden artgerecht gehalten und einmal jährlich durch ein in der Schönheitschirurgie erprobtes Fettabsaugungs-Verfahren schmerzlos enttrant. Wie Schafe nach der Schur tollen die Tiere sofort danach und viele Kilo leichter wieder munter auf den Sandbänken herum.

Keine weiteren Zutaten sind für Rettungsring-Pommes nötig. Der hohe Salzgehalt im Boden bewirkt zwar, dass die Rungholter Riesen quasi ab Feld vorgewürzt sind, das eigentliche Geheimnis ihres Geschmacks liegt aber woanders. Im Seekohl nämlich.

Sie kennen nur Helmut-, Rosen-, Rot- und Grün-, aber keinen Seekohl? Nun, dann muss ich leider ein wenig ausholen.

Als vor bummelig 70 und ein paar zerquetschten Jahren das 1000jährige Reich in seinen letzten Zuckungen lag, lief im Rungholter Hafen nach wochenlanger Irrfahrt durch fast alle Weltmeere die Wishiwashi Maru ein.

Ein japanisches U-Boot, ausgesandt aus dem Land der aufgehenden Sonne von seiner kaiserlichen Majestät, dem Tenno, allerlei Todbringendes aus Adolfs Wunderwaffenkammern abzuholen.

Material, für das hierzulande aufgrund einer temporären Besetzung durch alliierte Truppen und einer damit verbundenen Verschiebung des Endsieges auf unbestimmte Zeit vorläufig keine Verwendung mehr bestand.

Kapitän Toshiro Watanabe, einer der erfahrensten Offiziere der japanischen Marine, hatte sein Boot vorbildlich rückwärts an der Rungholter Kaimauer eingeparkt und seiner Mannschaft nach der langen Überfahrt ein paar Stunden Landurlaub gegönnt. Er selber hatte erstmal noch einen Haufen Papierkram vor sich. Und eine dampfende Portion Grünkohl.

Während der wackere Watanabe seine Kohlwurst mit Stäbchen aß, bemerkte etwa 1000 Meter über ihm Captain James „Thirsty" McMasters von der 8. US-Luftflotte, dass in seiner Fliegenden Festung eine Bombe herumrollte.

Offensichtlich war sie beim Angriff auf ein strategisch wichtiges Sägemehlwerk bei Pinneberg nicht wie vorgesehen abgeworfen worden. Die komplizierte Abwurfklappenmechanik war, wie sich bei einer späteren Untersuchung herausstellen würde, durch ein von MG-Schütze Charly „Rattlesnake" McServant vorschriftswidrig ausgespienes Kaugummi blockiert.

Thirsty wollte heil heim nach Pittsburgh zu Frau, Kind und Geliebter. Er entschied sich daher für einen Notabwurf über der offenen Nordsee.

Wissen Sie, was passiert, wenn eine fast zwei Tonnen schwere Luftmine, normalerweise dafür konstruiert, einen ganzen Wohnblock dem Erdboden gleichzumachen, auf ein U-Boot trifft? Die Sache geht für das U-Boot nicht gut aus. Und für alle Fensterscheiben im Umkreis von einem Kilometer. So auch in diesem Fall.

Watanabe und seine Mannen saßen fest. In Rungholt. Den Aufruf, sich aus Scham für die Niederlage für Tenno und Vaterland selbst und möglichst schmerzhaft zu entleiben, kriegten sie nicht mit.

Radio Rungholt strahlte damals Nachrichten nur auf Friesisch, Missingsch und manchmal auf Hochdeutsch aus. Da auch sonst keine Order sie erreichte, blieben sie halt im Lande, nährten sich redlich, ehelichten örtliches Weibsvolk und waren schnell integriert.

Natürlich wurde auch Toshiro Watanabesen, wie er sich nun nannte, gelegentlich vom Heimweh nach der Präfektur Hokkaidō befallen. Hokkaidō ist so ziemlich das nördlichste, was Japan zu bieten hat, klimatisch gab es da also relativ wenig Akklimatisationsprobleme.

Was ihm hingegen in Rungholt fehlte, war Kombu. Das ist eigentlich nichts anderes als verarbeiteter Seetang, in diesem Fall auch bekannt als Seekohl. Er gibt jedem Gericht, dem man ihn beifügt, eine wohlschmeckende pikante Würze. Seekohl ist eigentlich nichts weiter als eine schlabberig-schleimige Braunalge, die allerdings nur im Nordpazifik vorkommt. Dort, wo es eigentlich nie über 23 Grad Celsius warm wird. Na, riechen Sie den Braten langsam?

Der nach heimatlichem Wurz lechzende Watanabe jedenfalls versuchte, was noch keiner vor ihm versucht hatte. Er baute in der Nordsee Seekohl an, wie es schon Generationen seiner Vorfahren in den Gewässern um Hokkaidō taten.

Und siehe da, das Zeug wuchs und gedieh.

Was das Ganze mit den Seetang-Pommes zu tun hat? Eine Menge. Der pikante Geschmack des Seekohls, bekannt als „Umami", was nichts weiter heißt als „Schmackhaft", rührt vom darin reichlich enthaltenen Mononatriumglutamat.

GLUTAMAT? Genau. Das ist dieses Äh-Bäh-Bäh-Zeugs, wodurch kommerzieller Knabberkram und der ganze fragwürdige Fraß bei „Hongs Asia-Grill" plötzlich nach mehr schmecken.

Auch die Rungholter Robben lernten den Geschmack des Seekohls schnell schätzen. Sie mampften die schlabberige Alge, bis ihnen die Bäuche wehtaten. Das Glutamat lagerte sich in ihren Körpern an, was dem aus ihnen gewonnenen Robbentran eine ganz besondere Würzigkeit verlieh, die beim Frittieren in die Kartoffel überging.

Womit dann schließlich das Geheimnis des Wohlgeschmacks der Rungholter Rettungsring-Pommes gelüftet wäre.

Vielen Dank, dass Sie meinen kleinen Exkurs mitgemacht haben, Sie sehen, es hat sich gelohnt. Hallo? Halloooo? Noch jemand da?

Egal. Gestatten Sie mir noch kurz eine Anmerkung zum Beitrag, den Rungholter Pommes zur Volksernährung beitragen.

Robbenfett ist nämlich nahrhaft, eine Portion frisch frittierte Pommes der Marke „Deichglück" bringt rein rechnerisch eine vierköpfige Beamtenfamilie durch den Winter. Der Kalorienverbrauch ist bekanntlich stark von der persönlichen Bewegungsintensität abhängig.

Und der Name Watanabesen kommt Ihnen bekannt vor? Korrekt. Wir kennen aus der Familie ja schon Knut, seines Zeichens amtlich bestallter Fremdenführer in Rungholt.

Seinem Vater Hans-Hinnerk Watanabesen gehört die „Deichglück Kartoffelspezialitäten AG" und Knuts Großvater ist besagter Toshiro, der U-Boot-Kapitän. Dieser erfreut sich mit seinen 102 Jahren allerbester

Gesundheit, die er mit einer ausgewogenen Ernährungsweise begründet.

Wichtig sei, erklärt er uns, allerdings weniger irgendein Ying-Yang-Schischi, sondern vielmehr das Verhältnis von Grog zu Sake. Vier zu drei, das sei hier die goldene Regel, Montag bis Donnerstag gibt's Grog und am Wochenende dann Sake, beides natürlich wohltemperiert. Kampai!

So langsam dürfte Ihnen nun die immense Bedeutung des Rettungsring-Pommes-Indikators als Gradmesser für das Wohl und Wehe der Rungholter Volkswirtschaft klargeworden sein.

Er wird nach einer komplizierten mathematischen Formel errechnet, in die die tatsächlichen Produktionsmengen an Tran und Tüffeln, der lokale Verbrauch an Rettungsring-Pommes sowie der Fettgehalt von Oma Wilhelmines sonntäglichem Butterkuchen einfließen.

Mit Schauern erinnert man sich an der Rungholter Börse noch an den massiven Kurseinbruch von 1997, als über die Nachrichtenticker ein um 75 Prozent niedrigerer Wert des Indikators gemeldet worden war. Eine Viertelung!

Börsenmakler stürzten sich verzweifelt vor einlaufende Fährschiffe, alteingesessene Robbenfett-Handelshäuser, die Tran auf Termin gekauft hatten, standen vor dem Ruin und die geplante Fusion mit der Börse von Vineta platzte in letzter Sekunde.

Schließlich konnte der Irrtum aufgeklärt werden. Der schon etwas tüdelige Opa Wernersen hatte die Berechnungen für die Hausaufgaben seines Enkels gehalten und in alter Gewohnheit korrigiert.

Dabei waren ihm vermutlich Kilokalorien und Kilojoule durcheinandergeraten, die Einheit, in der u.a. der mittlere Brennwert der anfallenden Knorze und die Restenergiemenge im recycelten Robbentran gemessen werden.

Der Weihnachtsmarkt (2016/17)

Was Sie vorher wissen sollten:

Diese Geschichte entstand zum Teil, als es noch eine Begrenzung auf 140 Zeichen bei Twitter gab. Was gelegentlich gewisse Opfer hinsichtlich Satzbau und Zeichensetzung erforderte. Die Lesbarkeit als zusammenhängende Story wird dadurch teilweise ein wenig erschwert. Da müssen Sie leider durch.

Erste Saison

Ich besuchte einen Weihnachtsmarkt. Er war nicht auf Besucher eingestellt.

"ERNA, der Herr will ein Wasser..."

"Das ist das Zeug, mit dem wir den Glühwein strecken, oder?"

Ein Beagle degustiert lauwarme Glühweinpfützen. Ein unbegabter Taschendieb wird abgeführt. Hinterm Karussell kotzt ein Kind Schmalzgebackenes. Man kann mir viel vorwerfen. Aber dieses Ding mit der Weihnachtsmarktromantik hab ich voll drauf.

Die dunklen Weintrauben in weißer Schokolade hingegen sind deliziös und lassen mich über einiges Adventsungemach hinwegsehen.

Die zur Bespaßung der lieben Kleinen engagierte Kapelle hat Verstärkerprobleme. Anwesende Eltern der Rolf-Zuckowski-Kita vermuten Sabotage. Ich betaste nachdenklich den Gegenstand in meiner Jackentasche, der gewisse Ähnlichkeit mit der Hauptsicherung des Stromverteilers aufweist.

Am Kunsthandwerkstand gegenüber entfernt die Praktikantin fleißig Made in China-Schildchen. Dank Aceton braucht sie heute keinen Glühwein. Der Bratwurstbräter wendet seit vier Stunden liebevoll die vegetarische Quotenwurst am rechten Bildrand. Irgendjemand verlangt süßen Senf.

Erzgebirgische Posaunenengel stehen in Reih und Glied. Leider mag ich Jazz nicht besonders. Jemand kauft gerade ein tönernes Stövchen frei. Ein Schwarm kurzhaarfrisierter Mittfünfzigerinnen zieht vorbei. Postmenopausale Ayurveda-Lebensweisheiten übertönen kurz Bing Crosby.

Der Verkäufer am Glühweinstand schenkt sich einen Grog ein. Er zwinkert mir verschwörerisch. Beides amüsiert seine Frau überhaupt nicht.

Meine Ohren werden langsam kalt. Eine stark angeheiterte Frischgeschiedene bietet an, sie mir zu wärmen. Ich ziehe eine Mütze aus der Tasche. Der Obstbrandmann vermisst seinen Heizpilz. Niemand erinnert sich, je einen bei ihm gesehen zu haben. Halluzinogene Pilze werden thematisiert.

Mit der Schaschlik-Fee bin ich nun per Du. Sie heißt Elena, kommt aus Kiew und iiest gefolgt Oleg der iiest Schuft und irgendwas Ukrainisches.

Trinkspiele, die mit der Häufigkeit zu tun haben, mit der Last Christmas gespielt wird. Doofe Idee, befindet

Buchhalterin Gaby und übergibt sich. Ich stelle Betrachtungen an, bei wieviel Grad minus erbrochener Glühwein wohl gefriert. Der einsetzende Bodenfrost müht sich noch vergebens.

Die weibliche Schnapsleiche, um die eben die Sanis stritten, erhebt sich wie Phoenix. Asche ist es allerdings nicht, woraus sie sich erhebt. Gestützt auf zwei Kavaliere mit eindeutiger Absicht verlässt sie bekleckert, aber erhobenen Hauptes den Platz. Schulterzucken bei den Sanis.

Ein junger Vater parkt eine Kinderkarre neben vollen Müllkübeln. Wir wissen, dass der Reinigungsdienst seit 18 Uhr Feierabend hat. Er nicht. 15 Minuten später haben sich zu Kaffeebechern, Pommes-Gabeln und puderzuckrigen Schmalzkuchentüten auch Vater, Mutter und Kind eingefunden. Die sich entspinnende Szene steigert die Umsätze der umliegenden Buden. Ein zufällig anwesender Scheidungsanwalt überreicht seine Karte.

Der Herrgottschnitzer nebenan macht Feierabend und kommt rüber zum Glühweinstand. Er bringt eine Flasche Enzian und bittet um ein Pflaster. Hinterm Kinderkarussell pinkelt jemand an den Verteilerkasten. An der Zuckerbude gehen die Lichter aus. Die gebrannten Mandeln sind irritiert.

Die nette kroatische Crêpeverkäuferin ist mit ihren Moonboots in Hundekacke getreten. Nur der Wurstbräter aus Belgrad versteht ihre Flüche.

Lumumba-Jupp klärt mich lautstark über den Unterschied zwischen Serben und Sorben auf. Zumindest vermutet er, dass es da einen gibt. Bräter Dragan gibt mir grinsend meine Thüringer, schön braun. Sein Motto "Serben bringen Glück" wird nicht überall auf dem Balkan geteilt.

Der verklebte Senfspender steht seit 1964 unter Dauerbeobachtung des örtlichen Gesundheitsamtes. Ich blicke nachdenklich auf meine Bratwurst. Jemand reicht mir ein Portions-Senftütchen. Die Jahreszahl des Haltbarkeitsdatums beginnt mit 2. Und was soll an Senf schon schlecht werden.

Nach Wiederherstellung der vollen Beförderungskapazität des Kinderkarussells erklingt Rolf Zuckowski. Erwäge Einstieg in den Ohropax-Handel. Handgemenge am Karussell. Schmalzkuchen-Iwan, außerhalb der Adventssaison bei Kiew-Inkasso tätig, hat wohl noch Anmerkungen zur Musikauswahl.

Nun also Udo Jürgens. Der ausgehandelte Kompromiss scheint allen Parteien tragbar. Der Karussellbetreiber hält sich einen Eisbeutel aufs Ohr.

Zahnlücken-Inge bewacht ihre brutzelnden Schaschlik-Spieße wie eine Adlermutti. Zwischendurch guckt sie aufs Handy. Auf mich. Aufs Handy. Vermutlich eine subtile, unter Schaustellern übliche Form der Balz. Oder sie twittert.

Beides wäre übel, denn Iwan hat ein Auge auf sie. Ich bekämpfe aufkommenden Verfolgungswahn mit schokolierten Weintrauben. Kernlos. Möglicherweise sind es eigentlich rasierte Stachelbeeren.

Verlasse den Weihnachtsmarkt. Hinter meinem Rücken Stimmengewirr. Inge zeigt ihr Handy herum. Ich erwäge Flucht in ein sicheres Drittland.

23.12. Finale. Der heisere Kasper vom Kindertheater murmelt "Kleine garstige Hobbitse" vor sich hin. Ein Glas Eierpunsch erkaltet ungerührt.

Bräter Dragan wirft die letzten Reserven auf den Schwenkgrill. Gehilfin Dorette eilt zum Lidl um die Ecke, eingeschweißten Nachschub holen. Die vegane Quotenwurst scheint einen Liebhaber gefunden zu haben. Eventuell einen mehr als Zweibeinigen. Die Holzkohle glimmt zutraulich.

Die Polyester-Strickmützen warten nun um die Hälfte reduziert auf Käufer. Und auf Minusgrade. Statische Entladungen erhellen den Stand. Ein durchgebratenes Hüftsteak am rechten Rand des Grillspektrums kommt mir verdächtig bekannt vor. Aber nachts sind alle Kohlen schwarz.

Die Schaschlikfrau küsst ihre Kollegin. Mit Zunge. Der hartnäckige Anbaggerer kauft Pommes und trollt sich. Sie zwinkert ihrem Mann zu. Eine unschlüssige Liebhaberin erzgebirgischer Volkskunst steckt in intensiven Verhandlungen. Ihr Hund pinkelt ungerührt ein Holzrentier an.

Grog, langsam getrunken, hilft gegen Schluckauf. Auch vorbeugend. Ich vertraue auf das Fachwissen des Rotnasigen und ordere ebenfalls einen.

Die schokolierten Erdbeeren von der Zuckerbude gelten als Geheimtipp. Ihr Alkoholgehalt liegt über Glühwein mit Schuss und knapp unter Grog. Das ältliche Kinderkarussell quietscht und übertönt die weihnachtliche Beschallung. Ich erwarte jede Sekunde Rolf Zuckowski mit einem Ölkännchen.

Der Kartoffelpuffermann schält demonstrativ eine Kartoffel. Die Puffermasse entnimmt er einem 10Liter-Eimer. Heut Abend gibts Bratkartoffeln. Das urige Holzfass mit den Spreewaldgurken ist fast leer. Der Plastikbehälter, aus dem nachgefüllt wird, trägt kyrillische Schriftzeichen.

Ein arabisch aussehender junger Mann trägt schwere Gasflaschen vorbei. Er erntet dankbares Lächeln der fröstelnden Clique unter Heizpilz 3.

Die urigen Holzbuden sind im Kreis angeordnet. Die Winnetou-Szenen, die im Fort Niobrara spielen, wurden vor Kurzem von RTL hier abgedreht.

Neben mir rülpst eine von Person bekannte Sparkassenfachangestellte, "Oh Du Fröhliche". Ich habe die Wahl zwischen Mitrülpsen und Aufbrechen. Nach korrektem Aufsagen meiner IBAN inklusive BIC lässt sie mich gehen. Man wird sie später laut schnarchend in einem Tannengesteck finden.

Heimweg. Ich pfeife leise "Stille Nacht". In meiner Tasche die Telefonnummer der Sparkassenfrau. Mit der Anmerkung "Baufinanzierung! 1,2%!"

Zweite Saison

Neues Jahr, neues Glück. Die Kartoffelpufferbude
wurde in dieser Saison von einem freundlichen Tamilen
übernommen, der nun auch Spezialitäten aus seiner Heimat ins Angebot genommen hat. Leberkäse zum Beispiel.

An ortstypischen Spezereien hinzugekommen ist das,
nun sagen wir vorwiegend fangfrische, Angebot von
Rolfs Fischbude. Ein trauriger Streifen Räucherlachs in
der Auslage weist den informierten Besucher darauf hin,
dass gefrosteter Backfisch eine hervorragende Wahl
wäre.

Auf dem großen Schwenkgrill von Adi's Brutzelbutze
liegen Thüringer und Nürnberger in seltener Eintracht
nebeneinander. Ein Mann im Lodenmantel und sein
Jack Russel-Terrier stehen unschlüssig davor. Thüringer.
Oder doch lieber Schinkenwurst? Der Hund wedelt.
Also letzteres.

Loden-Lothar beißt genussvoll in die Wurst, kaut kurz,
verzieht das Gesicht und gibt sie dem Hund. Knorpsige
Speckstücke stören den offensichtlich deutlich weniger
als sein Herrchen. Ich lerne: Taktisches Wedeln führt
zum Erfolg. Nicht nur beim Slalom.

Es ist noch früh am Tag, Gefahr für die öffentliche
Ordnung ist weit und breit nicht zu erkennen. Schade.

In meinem Magen erwacht frittierter Backfisch zu
neuem Leben. Er wähnt sich anscheinend immer noch

im Todeskampf. Wie damals, im Bauch des sibirischen Fabrikschiffes.

Enzian-Klaus, stolzer Besitzer der Enzian-Klause und mir noch vom Vorjahr von Person bekannt, deutet meinen Gesichtsausdruck korrekt. Er zeigt freundlich auf eine dickwandige dunkelgrüne Flasche transsylvanischen Siebenwurzlikörs.

Nun, ein paar Kräuter haben schließlich noch keinem geschadet. Der Backfisch stirbt einen schnellen Tod in 82 Volumenprozenten. Mir wird schwarz vor Augen. Ich fürchte kurz, zu erblinden, merke aber gerade noch rechtzeitig, dass mir nur die Mütze ins Gesicht gerutscht ist.

Ich teile Enzian-Klaus mit, dass ich im Vollbesitz meiner geistigen Kräfte und wildentschlossen bin, heute noch ein paar gepfefferte politische Tweets zum Lä... Lälä... Länderbyzanzausgleich zu verfassen.

Das sei eine feine Idee, meint er, ich möge mich aber kurzfassen. Gegenüber bei der erzgebirgischen Volkskunst würden nämlich Tweets per Lötkolben in Frühstücksbrettchen gebrannt. Und auf denen wäre halt nur Platz für 140 Zeichen.

"Sechsfuffzich bitte"

"Kann ich auch mit Karte zahlen?"

"Klar. Wenn Ihnen die Sanifair-Bons ausgegangen sind..."

Enzian-Klaus und ich lauschen dem Dialog an der
Grünkohlausgabe nebenan.

"Leute gibts. Neulich wollt sogar mal einer ne Quittung.
Hätter ja auch gleich so ne FBI-Jacke anziehn können.
Nur halt mit FINANZAMT hinten drauf."

Klaus lacht. Bargeld auch.

Der Weihnachtsmarkt hat dank laufender Berichterstat-
tung eine gewisse Bekanntheit erreicht. Ich kann mich
nur noch in Verkleidung herwagen. Lumumba-Jupp
lässt sich durch mein professionelles "Hohoho" nicht
täuschen, seine Standbeleuchtung blinkt dreimal kurz,
einmal lang.

Die anderen Standbetreiber werden unruhig. Zweimal
kurz, das wäre das Gewerbeamt. Dreimal heißt Eichamt.
Zwei lang ist die Steuer. Vollverdunklung ist für die Ge-
sundheitsbehörde reserviert. Mehrere ziehen ihr Smartphone heraus, ihre öffentliche Hinrichtung erwartend.

Zum Glück ist zeitgleich der richtige Nikolaus unter-
wegs. Nackte Zeigefinger nehmen ihn ins Visier. Ich
kann mich in meinem roten Bademantel unters Volk mischen und unauffällig den weißen Rauschebart einem
Kind als Zuckerwatte unterjubeln.

Aus sicherer Entfernung, angelehnt an ein lebensgroßes
Holzrentier, beobachte ich, wie Nikolaus in einem Dixieklo verschwindet. Ihn treibt ein Bedürfnis, Enzian-
Klaus und Lumumba-Jack die Rachsucht. Nach wie vor
vermuten sie mich in der roten Robe.

Ich erblicke zufällig den Herausgeber des örtlichen Käse- und Wochenblattes. Seinen journalistischen Ambitionen verdanken wir z.B. die Enthüllung der Affäre unserer SPD-Ratsfrau mit einem 20 Jahre jüngeren Liberalen. Nein. Der war nicht schwarzweiß.

Langer Rede kurzer Sinn, die Titelseite der morgigen Ausgabe wird das Foto eines umgeschubsten Dixieklos und eines Weihnachtsmannes mit heruntergelassener Hose zieren.

Samt Hinterngrundbericht.

Zwei Passanten vom rechten Rand des politischen Spektrums erwägen, die Angelegenheit als Angriff auf urchristliche Symbolik auszuschlachten. Der örtliche Pastor hört zufällig mit und ermahnt beide, vor Rettung des Abendlandes doch lieber erstmal wieder in die Kirche einzutreten.

Der Nikolaus, übrigens ein Soziologiestudent kurz vor Ende der Regelstudienzeit, flucht wie ein Bierkutscher. So hatte er sich den Nebenjob, der die paar Monate bis zur Rente mit 63 überbrücken sollte, nicht vorgestellt.

Freddy Quinn singt "Sankt Niklaus war ein Seemann". Ich spendiere dessen schnöde vom Thron geschubster Reinkarnation auf den Schrecken einen Grog. Enzian-Klaus und der wortkarge Kassierer vom Kinderkarussell richten das Klohäuschen wieder auf. Friede auf Erden.

Nebenan stochert ein junges Pärchen in einer Tüte mit Schmalzgebackenem. Er niest plötzlich und äußerst heftig. Nach Bergung der Verletzten wird das Ausmaß der Katastrophe sichtbar.

Der schnodderige Puderzucker kontrastiert äußerst unvorteilhaft mit ihrer anthrazitfarbenen Daunenjacke. Diese Bestäubung dürfte bis auf weiteres die letzte Aktivität mit Fortpflanzungsbezug für ihn gewesen sein.

Schichtwechsel in der Schaubäckerei der Schmalzkuchenbude. Den teigknetenden Sumoringer löst eine zierliche junge Frau ab. Vor der Glasscheibe schütteln zwei Herren um die 60 mitleidig die Köpfe. Ihre Bierbäuche wackeln zeitversetzt, aber solidarisch mit.

Die Bäckerin trägt ein weißes Käppi zu blauen Haaren und einem Nasenring. Sie zieht schwungvoll einen Teigklumpen von der Größe eines Kleinwagens aus der Knetmaschine und wirft ihn auf die mit Mehl bestreute Arbeitsfläche. Der linke Bierbauch kriegt schon vom Zusehen Rücken.

Der Teigklumpen ruht nun friedlich unter einem großen Tuch. Ich erwarte, dass jeden Augenblick Gibbs auftritt und Ducky nach der Todesursache fragt.

Neben mir steht plötzlich die Bäckerin, auf der Schulter locker einen 50kg-Mehlsack. Grinsend blickt sie auf mein Smartphone, dann auf den Mehlsack, dann auf meinen Fuß UND SIE IST ÜBERHAUPT EINE GANZ GANZ GANZ ENTZÜCKENDE PERSÖNLICHKEIT!

Die Bäckerin heißt übrigens Jule. Ich soll Euch von ihr grüßen und ausrichten, dass Schmalzgebäck ordentlich

Tinte auf den Füller gibt und...was? Nein. Nein, Jule, das kann ich um diese Uhrzeit unmöglich schreiben. Da lesen doch noch Kinder mit.

Ohne den Mehlsack abzusetzen, reicht Jule mir zum Abschied die Hand. Enzian-Klaus beobachtet grinsend aus sicherer Entfernung, wie Bruce Lees Schwester aus der Schmalzkuchenbranche meine Fingerknochen zermalmt.

Meine Gesichtszüge drohen zu entgleisen. Kurz bevor das Eisenbahnbundesamt einschreitet, lässt Jule meine Hand los. Als Trost erhalte ich von ihr eine Tüte frisches Spritzgebäck und den Kosenamen "Weichei".

Ich stehe vor der Zuckerbude und bewege vorsichtig die Finger meiner rechten Hand. Es scheint nichts gebrochen. Zwei traurige Lebkuchenmänner blicken mich stumm und etwas vorwurfsvoll an. Ich sehe es ihnen nach, denn ihre biologische Uhr tickt gnadenlos. MHD 15.

Auf der kleinen Bühne nimmt das örtliche Blasorchester Aufstellung. Der graubärtige Puppenspieler legt vorsichtig den Kasper mit der Weihnachtsmütze in einen sehr alten Umzugskarton. Gebr. Schulz, Möbel- und Klaviertransporte, Fernruf 723.

Jemand schaltet ohne Vorwarnung die Hintergrundberieselung mit adventlichem Liedgut ab. Leider einige Minuten zu früh, so dass ich Ohrenzeuge des Versuches werde, mehrere unterschiedlich temperierte Blechblasinstrumente tonlagenmäßig anzunähern.

Die ungünstige Kombination von widriger Witterung und fragwürdiger Qualifikation der Posaunisten lässt bei mir Zweifel aufkommen, ob die biblische Geschichte um die Stadt Jericho wirklich nur ein Gleichnis und frei erfunden ist.

Ich beschließe, den immer noch anwesenden Pastor mit dieser theologischen Grundsatzfrage zu konfrontieren. Er lächelt freundlich und scheint intensiv über meine Worte nachzudenken. Erst nach etwa 5 Minuten bemerke ich die Zuckerwatte in seinen Ohren.

Der Pastor erinnert sich noch sehr gut an meinen letzten Kirchenbesuch. Es war ein warmer Frühlingstag. Ende der 70er. Wir trugen beide Maiglöckchen am Revers und warteten, dass sein Vorvorgänger die langweilige Konfirmationspredigt zu Ende brachte.

Er hält mir wortlos eine Brot-für-die-Welt-Spendendose hin. Ich erinnere mich an die Holzschnitzarbeit eines zum Glück unbekannten Künstlers in der Kirchenbank ganz hinten links und werfe zerknirscht meine Kleingeldreserven in den Schlitz.

Gottes Bodenpersonal nickt wohlgefällig, zum einen ob meiner reuevollen Barmherzigkeit, zum anderen zu meinem Angebot, drüben bei Klaus noch einen Grog zu nehmen. Natürlich auf meine Kosten.

Bäckerin Jule wurde mittlerweile durch eine Kollegin abgelöst. Der Pastor und ich betrachten fasziniert die gleichmäßige Bewegung ihrer kugelrunden äh Dampfnudel-Teigrohlinge. Mein Vorschlag, das Zölibat auch für evangelische Pfarrer einzuführen, stößt auf wenig Gegenliebe.

Enzian-Klaus ist unseren Blicken gefolgt. "Macht Euch keine Hoffnung, die ist verheiratet". Den Pastor, seines Zeichens versierter Witwentröster, schreckt diese Aussage wenig. Eher schon der Hinweis, dass ihr Gatte auf den Namen "Jule" hört.

Meine Hand schmerzt plötzlich wieder.

Zu uns gesellt sich nun Manfred, von Beruf Zahnarzt. Er bietet mir aus einer Tüte gebrannte Mandeln an. Ein Schelm, wer Böses dabei denkt.

Manfred und der Pastor betrachten gedankenversunken ein junges Ding, dass gegenüber an der Süßwarenbude lasziv an einer dicken rotweißen Zuckerstange leckt. Rein berufliches Interesse bei beiden, versteht sich.

Ihre aufrechte Sorge um Seelenheil und Zahnstatus des Mädchens rührt mich zutiefst. "Das könnte Eure Tochter sein" wage ich in die andächtige Stille einzuwerfen.

"Echt? Das ist Susis Kleine?" rufen beide unisono erschrocken. Ich scheine einen wunden Punkt getroffen haben. Zeitgleich trifft eine Mandel meinen 6er unten links. Ich verzerre unwillkürlich leicht das Gesicht, was die beiden missdeuten "Was? Mit dir hat die Susi auch...?".

Ich schüttele stumm den Kopf und versuche, den aufgescheuchten Backenzahnnerv mit einem großen Schluck aus dem Grogglas zu beruhigen.

Erstens war das da drüben gar nicht Susis Tochter. Und zweitens hatten wir beide immer aufgepasst. Im Unterricht natürlich. Sie hatte damals neben mir gesessen. In äh Gemeinschaftskunde.

Schneefall hat eingesetzt. Bei den ersten Anzeichen weihnachtlicher Atmosphäre verlassen die meisten Besucher fluchtartig den Weihnachtsmarkt. Bräter Dragan schenkt mir eine Thüringer, deren verschollener rechtmäßiger Eigentümer vermutlich gerade panisch Schneeketten aufzieht.

Feierabendstimmung macht sich breit. Jule gibt ihrer Angetrauten einen liebevollen Klapps auf den Hintern, dass das Mehl nur so staubt. Enzian-Klaus füllt Reste verschiedener Spirituosen in eine undurchsichtige grüne Glasflasche.

Sein breites Grinsen bestätigt meinen Verdacht. Immerhin weiß ich jetzt, womit mein querliegender Backfisch behandelt worden war. Die Arznei ist pharmakologisch fragwürdig, aber nichtsdestotrotz hochwirksam.

Der Weihnachtsmarkt öffnet heute wegen Stromausfall etwas später. Der Hauptverteilerkasten wurde Opfer eines etwas forsch geratenen Rückwärtseinparkversuches, freundlicherweise zur Verfügung gestellt von Fahrschule Fuchs.

Einzig bei der Enzian-Klause brennt Licht. Ich folge mit den Augen einem Verlängerungskabel bis zu Ursulas Blumenlädchen an der Ecke.

Klaus und ich trinken einen Grog auf Uschis ganz Spezielles. Der Fahrlehrer beobachtet derweil haareraufend, wie sein Auto auf einen gelben ADAC-Laster gezogen wird.

Klaus' energiekrisenbedingtes Kaffeemonopol lockt andere Budenbesitzer an. Es geht das Gerücht um, das Li, der neue Besitzer der Kartoffelpufferbude, täglich und sehr fachmännisch Nasi Goreng praktiziert. Oder wars Tai Chi?

Jedenfalls vermutet man, dass seine rudernden Armbewegungen von der Fahrschülerin als Einparkhilfen missverstanden worden waren. Das arme Ding sitzt immer noch verstört auf dem weißen Schimmel vom Kinderkarussell.

Ich beschließe, ihr eine Tasse Kaffee rüberzubringen. Klaus hält fragend eine Cognac-Flasche hoch. Ich nicke kurz, Alkohol ist schließlich ein altes Hausmittel bei Schockzuständen.

Zeitgleich mit dem zornigen Fahrlehrer treffe ich bei dem verschreckten Mädchen ein. Mit der Frage "Sag mal, hatten wir nicht zusammen Fahrprüfung?" nehme ich ihm den Wind aus den Segeln. Er war nämlich durchgefallen. Ich nicht. Und ich war nicht der Sohn des Fahrschulbesitzers.

Dankbar schlürft sie den französischen Branntwein mit dezenter Kaffeenote. Fahrlehrer Franz Fuchs (Junior) trollt sich, vorgeblich um mit dem ADAC-Mann noch Einzelheiten zur Fahrzeugbergung zu klären.

Die Fahrschülerin heißt Josefine. Mit Eff. Irgendwer hat den Verteilerkasten überbrückt, der Strom fließt wieder ungehindert. Zur Traumavorbeugung fahren Josefine und ich ein paar Runden mit dem Polizeiauto. Dem vom Kinderkarussell.

Nach 10 Runden Karussell torkele ich zurück zur Enzian-Klause. Am gerade eröffneten Glühweinstand blicken zwei rotnasige Stammkunden erstaunt auf ihre Armbanduhren und rufen laut "RESPEKT" zu mir herüber.

Auch Josefine wankt ein wenig. Neben der Karussellfahrt, bei der sie immerhin nicht rückwärts einparken musste, steckt ihr auch noch ein Achtelliter Cognac in den Knochen. Sie winkt mir dankbar zu und übergibt sich in ein Fass Essiggurken. Spreewald-Jutta is not amused.

Fahrlehrer Franz blickt traurig seinem schrottreifen Auto hinterher. Josefine sieht kurz vom Gurkenfass auf. Trauer liegt in ihren Augen. Wieder würde sie sich eine neue Fahrschule suchen müssen. Das wäre dann schon die dritte. Im Dezember.

Fahrlehrer Franz tröstet sich mit einer der Posaunistinnen. Josefine hat die Telefonnummer von Dragans Cousin in der Tasche. Der betreibt eine Fahrschule. In Belgrad. Franz' Autoversicherung hat keine Niederlassung in Serbien und ihn daher in Gnaden wieder aufgenommen.

Das Wetter ist abgrundtief schlecht. Die Weihnachtsmarktkonjunktur liegt am Boden. Außer ihr liegen da noch ein paar gelbe Glasscherben von einem Autoblinker. Der Grünkohl in der gusseisernen Riesenpfanne hat eine ungesunde graue Färbung angenommen.

Die aufgrund jahreszeitlich bedingter depressiven Verstimmung geplatzte Kohlwurst fristet als letzte ihrer Art ein Dasein am Rande der Gesellschaft. Ihr stummer Schrei vereint sich mit dem eines verhutzelten Stücks Fleisch, von dem das Gerücht geht, es wäre einst Kassler gewesen.

Die in diplomatischen Angelegenheiten zuständige hessische Landesvertretung zeigt sich von der beklagenswerten Situation des gepökelten tierischen Nebenerzeugnisses unbeeindruckt.

Ähnlich munter und zukunftsfroh wie in der Grünkohlpfanne geht es in allen Buden zu. Trauriges Personal wendet lustlos kulinarisch Fragwürdiges. Gemeinsam harren alle der Erlösung durch den vom Gewerbeamt vorgegebenen Dienstschluss.

Der ganze Weihnachtsmarkt ist von bleiernem Pessimismus besetzt. Der ganze? Nein. Eine kleine, auf den Ausschank hochwertiger Spirituosen ohne Steuermarke spezialisierte Bude hält die Fahne hoch. Bzw. sorgt für die Entstehung einer solchen.

Enzian-Klaus und Dragan, der seinen Schwenkgrill samt verkohlter Säugetierreste sich selbst überlassen hat, streiten um den genauen Wortlaut des weihnachtlichen Gassenhauers "Jingle Bells". Beide sind des Englischen nicht mächtig aber umso engagierter bei der Sache.

Man hat, quasi als Fachmann für amerikanisches Traditionsliedgut, einen Musikexperten aus diesem Sprachraum hinzugezogen. Sein Name ist Jack Daniels, ein gefragter Experte mit einem untadeligen Ruf als Streitschlichter.

Auch in diesem Fall hat er eine beruhigende Wirkung auf die erhitzten Gemüter. "Schlinglpels" rollt auch dem durch geistige Getränke Erleuchteten noch leicht über die erlahmende Zunge.

Bing Crosby träumt angesichts des Elends von einer weißen Weihnacht. Ich stehe sinnierend da, knöcheltief im Matsch und in Gedanken versunken. Markt, Straßen und das Dixieklo sind verlassen, stille Erleuchtung ist nicht mehr zu erwarten. Ich trete den Heimweg an.

Nächtliche Minusgrade haben den Weihnachtsmarkt in ein überzuckertes Wunderland verwandelt. Hinter Rolfs Fischbude leistet ein festgefrorener Rollmops dem Besen des Straßenfegers Widerstand.

Die Hände tief in den Taschen inspiziere ich die Budenlandschaft. Schmalzbäckerin Jule taucht fröhlich pfeifend hinter einem Berg Mehlsäcke auf. Darunter ächzt eine Schubkarre. Zwei Gehwegplatten knacken unter der Last solidarisch, auch sie für Schwerlastverkehr nicht ausgelegt.

Ich schüttele leicht den Kopf und kicke eine leere Whiskyflasche über das Pflaster. Enzian-Klaus steigt aus einem Taxi. Ich überreiche ihm wortlos seine Autoschlüssel, die ich gestern konfisziert hatte. Er murmelt etwas Gehässiges über hiesige Taxitarife.

Langsam kommt Leben in die Buden. Dragan quetscht glibschige Grillwürste aus ihrer Folie in eine Plastikwanne. Ab und an schießt eine übers Ziel hinaus, aber Dragan war im Bürgerkrieg bei den Sanis und weiß "steril bleibt doch steril, auch wenn es auf den Boden fiel".

Mein Handy brummt. Mich kontaktiert ein Privatsender. Man ist dort eigentlich auf die Begleitung von Teenagerschwangerschaften spezialisiert, könnte sich aber "was Saisonales" zur Auflockerung gut vorstellen.

Ob ich nicht das Skript für eine Weihnachtsmarkt-Dokusoap liefern könnte. Ich lehne dankend ab, schließlich bin ich bei @artede unter Vertrag und habe erst die ersten zwölf Tweets dieses Threads gelb untertitelt.

Mal ehrlich. Eine tägliche Dokusoap von einem Weihnachtsmarkt. Wie langweilig ist das denn. Da passiert doch gar nichts. Total öde. Will keiner sehen. Crime, Sex, sowas geht. Aber Weihnachtsmarkt? Echt jetzt.

Immer noch kopfschüttelnd passiere ich die Gruppe Feuerwehrleute, die ein Kind aus einer Dachlawine am Karussell herausgraben. Dragan wirft einem Zechpreller, der sich unerlaubt mit einer Schinkenwurst entfernen wollte, zielgenau einen halbvollen Eimer Kühnesenf an den Kopf.

Aus ungewohnter Richtung kommt der Geruch nach verbranntem Fleisch. Gesine, die die die Holzbrettchen mit den lustigen Sprüchen anfertigt, hat ihren Mann erst mit der Spreewaldgurkenfrau inflagranti und dann mit dem Lötkolben am Hintern erwischt.

Wie gesagt. Echt öde hier.

Ein weiterer sterbenslangweiliger Tag auf dem Weihnachtsmarkt geht zu Ende. Ich hebe einen Geldschein auf, der dem flüchtigen Bankräuber vor der Enzian-Klause aus dem Rucksack gefallen sein muss. Vermutlich kurz bevor ihm Klaus dann die Flasche Magenbitter über den Schädel zog.

Der Stripper, den die Damen vom Junggesellinnenabschied mit ihren BHs nackt an das Kinderkarussell gebunden hatten, wurde befreit. Er sitzt mit einer Decke über der Schulter vor der Zuckerbude und wirkt untenrum kältebedingt gerade wenig beeindruckend.

Ich hebe das Absperrband von der Kripo zwischen Rolfs Fischbude und dem Grünkohlparadies etwas an, um darunter durchzuschlüpfen. Die Kreideumrisse auf dem Pflaster werden im stetigen Schneeregen langsam undeutlicher.

Hoffentlich ist hier morgen mehr los.

Die letzten beiden Standplätze sind seit heute Morgen auch belegt. Yvette, mit bürgerlichem Namen Erna samt ihrer rollenden Crêpes-Disko mit zwei Plattentellern. Und das Schaschlik-Fachgeschäft meines Vertrauens. Geführt von Oleg, welcher iiest Schwere Nöter. Sagt seine Frau.

Olegs Frau Elena ist schwanger. Was Enzian-Klaus zu zotigen Witzen über zartes Fleisch und Olegs Schaschlik-Spieß veranlasst. Auf leeren Magen vertrage ich nur Jugendfreies. Ich versuche daher, Erna zu überreden, mir einen Crêpe ohne ihren hausgemachten Eierlikör zu machen.

Letzte Saison hatte Oleg Erna-Yvette schöne Augen gemacht. Eine explodierte halbvolle Propangasflasche und eine Gucci-Handtasche voll ranzigem Eierlikör später brachte dann ein klärendes Gespräch weihnachtlichen Frieden.

Die Brandspuren am Crêpe-Wagen sind kaum noch zu erkennen.

Elena streichelt ihren Babybauch und zwinkert mir zu. Zum Glück ist Oleg gerade beschäftigt. Er tauscht das Öl in der Friteuse aus. Schließlich ist ja Weihnachten. Erna hält den Kopf schief und sieht mich misstrauisch an. Ich würge mein Crêpe herunter und murmele "Iff muff wepf".

Und nicht, dass Sie denken, ich hätte was mit der Elena gehabt. Und überhaupt. 12 Monate Tragzeit. Das gibt's doch nur bei Nilpferden.

Oleg fragt mich, ob iiech genannt seine Elena Nilpferd. Bevor ich energisch dementieren kann, macht er eine Schwangerschaftsbauch-Handbewegung und flüstert "Chast recht. Daas iiest wie mit Waal in Bett."

Yvette wird hellhörig und leckt sich lasziv etwas Apfelmus vom Mittelfinger.

Elena blickt von den Schaschliks auf. Sie wirft einen "Komm du mir nach Hause"-Blick zu uns herüber.

Ich bin mir ziemlich sicher, dass er Oleg gilt.

Am Kunsthandwerkstand treffe ich Unternehmergattin Gesine S. aus P. (Name der Redaktion bekannt). Sie erwägt gerade den Erwerb einer handgetöpferten Scheußlichkeit im mittleren dreistelligen Preissegment.

Ihr Gemahl schrieb einst bei mir Englisch ab. Stolz präsentiert sie mir eine just erworbene Designer-Weihnachtskarte. Nur dreifünfzig, ein Schnäppchen. Für das Weihnachtsgeld der Putzfrau. Satte zehn Euro. Die wird sich freuen.

Vor meinem geistigen Auge wird ein WC geputzt. Mit einer elektrischen Zahnbürste. Der dentalhygienisch vorbildlich geformte Wechselbürstenkopf trägt ein Namensschild. Und da steht nicht "Helmut" drauf.

Ich lasse Gesine ihren Helmut schön grüßen und wende mich einem Lebkuchenherz zu. Es war ein unerwartetes Geschenk von Zuckerbuden-Paula. Als ich die weiße Zuckerguss-Aufschrift lese, wird mir klar, warum.

Es gehört zu einer Lieferung mit kleinem Produktionsfehler.

Die Aufschrift "Ewig Dien" hatte bei Paulas Kundschaft wenig Anklang gefunden. Ausgenommen vielleicht das ledrige Pärchen aus der BDSM-Szene.

Die Musikanlage ist ausgefallen. Für Rolf Zuckowski springt Schwenkgrillbräter Dragan ein. Er füllt die akustische Leere mit der jugoslawischen Version von "Stille Nacht".

Später wird er mir seine Textunsicherheit gestehen. Die Lücken füllt er mit Strophen eines

Partisanenkampfliedes. Es ist ihm noch aus Jugendtagen vertraut und vom Versmaß her halbwegs passend.

Melancholisch lausche ich dem monotonen Tropfen warmen Hydrauliköls in einen 5 Liter Mayonnaise-Eimer. Regelmäßig alle zwei Stunden kippt Betreiber Hinnerk das derart aufgefangene Schmiermittel zurück, irgendwo in die altersschwache Mechanik des knarzenden Kinderkarussells.

Oleg hatte einen Hexenschuss. Seine Frau Elena verdächtigte sofort die Crêpes-Bitch von gegenüber. Ich sprang für zwei Stunden ein, lernte viel über Schaschlik und ein bisschen Ukrainisch. Die Sprache bietet Potenzial, wenn man fluchend in der Bierkutscherbranche reüssieren will.

Budenbesitzerin Annerose A. wurde gerade Opfer eines Blutbades. Hauptverdächtiger in dem Fall ist eine scharfkantige Großverbraucher-Dose Grünkohl. Während sie auf dem Revier vernommen wird, gibt es Knoblauchpilze in Rahm.

Das intensive Knoblaucharoma vertreibt mich in Richtung Enzian-Klause. Ich erblicke mein Spiegelbild in einer Flasche Birnengeist und bin ein wenig beruhigt.

Der Himmel ist strahlend blau. In der Zuckerbude blickt Ahmed aus Basra, der die weltbesten gebrannten Mandeln macht, überrascht von seinem Kupferkessel auf. Die Integrationskurse der letzten drei Jahre hatten ihn darauf nicht vorbereitet.

Auch Enzian-Klaus beäugt misstrauisch die Wetterentwicklung. Zum Glück wird es schon bald dunkel, denn nur das finstere Gemüt verlangt schwermütig nach Getränken mit hohen Volumenprozenten. Und hohen Handelsspannen.

Aufruhr bei den Heißgetränken. Der Glühwein nach altem Hausrezept schmecke genau wie die Plörre von Penny. Ich schlichte und bezeuge, dass dies keineswegs der Fall ist. Mein Gewissen ist rein, hatte ich doch dem Budenbesitzer beim Beladen seines Kofferraums geholfen. Vorm Aldi.

Der erregte Kunde ist nach zwei Gratis-Grog bereit, von einer Klage abzusehen. Ich konnte überzeugend darlegen, dass Glühwein im ländlichen Oberengadin nach alter Tradition in 1-Liter-Tetrapaks abgefüllt wird.

Er bestellt bei Otto noch einen Glögg. Glögg, ein skandinavisches Hausmittel gegen Kopfschmerzfreiheit, gehört nicht zum Sortiment. Zum Glück ergibt die Rückfrage "Du meinst Grog, oder?" ein beruhigendes "Sischa willich Glogg".

Großes Trara auf dem Weihnachtsmarkt. Elenas Kind ist da. Problem: In Vater Olegs Familie gab es seit 5 Generationen keine blauen Augen. Das sei bei allen Neugeborenen so, beruhigen wir ihn. Bin trotzdem froh, heute eine dunkle Sonnenbrille zu tragen.

Die Zwerge vom Privatkindergarten "Little Future Leaders" werden vorbeigeführt. Eine Zipfelmütze landet schwungvoll in einer Glühweinlache. Der Besitzer, ein

Knabe mit der Schulterhöhe eines Toasters, dürfte zuhause argwöhnisch beschnüffelt werden.

Die Whatsapp-Gruppe "Heli-Moms" debattiert erhitzt die Alkoholexzesse beim KiGa-Ausflug. Ein Termin für das öffentliche Auspeitschen der Kindergärtnerin wird angesetzt.

24 Zipfelmützen verfolgen johlend das Puppenheater auf der kleinen Bühne. Tapfer frisst das Krokodil immer und immer wieder den Kasper. Schlecht für Krokodils Magengeschwür. Gut für Enzian-Klaus, der für den kranken Handpuppenmann einsprang und nur diese eine Szene beherrscht.

Vom lactosefreien Lumumba milde gestimmt, versöhnen sich derweil die Heli-Moms am Glühweinstand mit der Kindergärtnerin. Es besteht Konsens, die Auspeitschung ins nächste Geschäftsjahr zu verlegen. Dann ist auch das Wetter besser.

Alle sind erstaunt, wie friedlich die Kinderschar dem Puppenspiel folgt. Nur ich sehe die leere Packung Mon Cheri unter der Bank von Johannes-Leon und Mabel-Amadea.

Man lässt entspannt eine Tüte gebrannte Mandeln kreisen. Satt, zufrieden und leicht beschwipst wird dann zum Aufbruch geblasen. Jemand ruft "Ich muss mal". Es ist die Mutter von Johannes-Leon.

Das Dixieklo ist besetzt. Johannes-Leon steht mürrisch Schmiere, während seine Mutter hinter die Zuckerbude pieselt. "Mit dir kann man echt nirgendwo hingehen" hört man ihn knurren.

Endlich sitzt das gesamt Personal des Kindergartenausflugs wieder heil in seinem Kleinbus. Auf der Fahrt nach Hause erklingt laut und falsch weihnachtliches Liedgut. Auch ein oder zwei der Kinder singen mit.

Schorsch vom Glühweinstand zählt hochzufrieden die Tageseinnahme. Ein bisschen wundert er sich über den dramatisch gestiegenen Lumumba-Umsatz. Und über das "lactosefrei", das ein Scherzbold auf seine Getränkepreistafel gekritzelt hat.

Ich lasse unauffällig ein Stück Schulkreide im Blumenkübel mit der Tannendeko verschwinden. Erinnern Sie mich daran, meinen Lebenslauf zu ergänzen. Erfahrung im Bereich "Wirtschaftsförderung" macht sich gut darin.

Auf Adi's Brutzelhütte wurde ein Anschlag mit einer übelriechenden Substanz verübt. Der Staatsschutz vermutet den Täter in der militanten Deppenapostrophgegner-Szene.

Ich stelle interessiert und natürlich ohne irgendeinen Kausalzusammenhang andeuten zu wollen fest, dass anscheinend in Rolfs Fischbude das erste Mal in dieser Saison das Frittierfett gewechselt worden ist.

Die Herren von der Spurensicherung konzentrieren ihre Aufmerksamkeit nun auf den großen Schwenkgrill. Sie scheinen zwei Krakauer zu verdächtigen. Auch der Kommissar zeigt vollen Einsatz und quetscht ein

Senftütchen aus. Harry fährt derweil den Wagen vor.
Ein rumgetränkter Zuckerhut knistert nervös.

Mit einer Fortsetzung muss gerechnet werden.

Aber nicht vor dem ersten Advent.

Blockwart Bruno (2016)

Ich werde eine Warnweste mit Aufschrift "Sprachpolizei" anziehen und in der Fußgängerzone jeden verwarnen, der den Genitiv nicht beherrscht. Blöd nur, dass dauernd Denunzianten gelaufen kommen und Vorkommnisse melden wie "Da hinten hat einer 'Negerkuss' gesagt, Herr Wachtmeister".

In so einem Fall verweise ich an die Kollegen von der Sharia-Polizei, die mit behördlichem Segen Exekutionen per Krummsäbel vornehmen dürfen. Wir haben uns hier alle prima arrangiert in der Fußgängerzone. Solange niemand „El Condor pasa" auf der Panflöte anstimmt, gibt es keine Toten.

Sie entschuldigen mich, ich muss eben wem verwarnen. Vong Grammatik her.

Die Dame vor Karstadt mit dem Wachturm in der Hand ist im Stehen eingeschlafen. Ich schmunzele vermutlich wieder als Einziger über die versteckte Ironie.

Nur die Zone zwischen der Litfaßsäule und dem Fahrstuhl zum U-Bahnsteig ist frei von Bettlern und Straßenmusikanten. Hier liegt das Revier von Bruno, vor seiner Entlassung im Polizeidienst tätig. Man munkelt etwas von einer Beißerei mit einem vorlauten jüngeren Kollegen.

Bruno verfügt als Schäferhund über den Urinvorrat eines Wasserwerfers und markiert gründlich alles auf dem Boden sitzen- oder stehende als Eigentum. Handele es sich um ein Element der Stadtmöblierung mit dem spröden Charme der 70er oder einen mittelmäßig begabten Klarinettisten.

Seine uniformierten Kollegen im aktiven Dienst haben daher sehr wenig zu tun in diesem Bereich, meiden es allerdings tunlichst, dort länger als zwingend nötig stehenzubleiben. Vorzugsbehandlungen für Amtspersonen sind in Brunos Weltbild nicht vorgesehen.

Der einzige, den Bruno duldet, ist Norbert, genannt der Einarmige. Norbert verlor besagte Extremität Mitte der 80er im Kampf für das sozialistische Vaterland. Präziser ausgedrückt während eines Ernteeinsatzes auf den endlosen Weizenfeldern Mecklenburgs.

Polnischer Wodka in Kombination mit der erbarmungslosen Robustheit einer Dreschmaschine russischer Bauart führten dazu, dass nun Bruno stolz einen linken Mantelärmel im Maul spazierentragen darf, was Norberts Einnahmesituation stets nachhaltig positiv beeinflusst.

Natürlich nur, solange es ihm gelingt, eine todernst-leidende Miene zu bewahren und ob des knuffigen Anblicks nicht laut loszuprusten. Und solange sein Mantel farblich zu Brunos Ärmel passt.

Ein gespendeter edler Herrenmantel konnte nicht in Dienst gestellt werden, da sich Bruno in geschäftsschädigender Weise weigerte, den flugs fachmännisch abgetrennten Ärmel aus Merinowolle auch nur eines Blickes zu würdigen.

Die Arbeitsbeziehung der beiden begann, als Norbert einige Kinder mit seinem beliebten "Oh Gott mein Arm steckt im Müllkübel"-Trick gruselte. Die Kleinen zogen helfend am rechten Arm, ein Schrei von Norbert, kein linker Arm dran! Ein Schrei der Kinder, dann allgemeines Gelächter.

Dieses Mal jedoch stürmt ein ratgebergestählter Helikoptervater auf Norbert los und beschimpft ihn wüst, zeiht ihn lautstark der vorsätzlichen Traumatisierung unschuldiger Kinderseelen und anderer Todsünden.

Bruno wittert einen übergesetzlichen Notstand. Aufruhr. In seinem Revier! Dem pöbelnden Übervater fehlt jedenfalls kurze Zeit später ein großes Stück seiner Hose. Und ein kleines Stück seiner rechten Arschbacke.

Bruno wohnt übrigens bei Hans-Jürgen, seines Zeichens Fahrradhändler und Gründungsmitglied des hiesigen grünen Ortsverbandes. Angeblich erzählen sie sich nachts, wenn sie nicht schlafen können, Geschichten von Wackersdorf. Und wie sie damals beide im Wald von Dosenfutter lebten.

Seit einiger Zeit ist Bruno Stammkunde bei Herrn Öztürks Halal-Fleischerei um die Ecke. Das liegt, so wird gemeinhin vermutet, weniger an seinen Präferenzen bezüglich ritueller Schlachtung, sondern daran, dass er von Metzger Scholtes Traditionsfleischwurst immer öfter Sodbrennen bekam.

Jeden Tag um acht schnüffelt ein großes, lautes, orangefarbenes Tier durch Brunos Fußgängerzone und entfernt seine mühselig gesetzten Reviermarkierungen. Er lässt es auf einen direkten Konflikt nicht ankommen, sondern erneuert sie stillschweigend auf seiner Morgenrunde. Alle 32.

Zum Glück steht vor der ehemaligen Schleckerfiliale stets ein frisch gefüllter Wassernapf, was die Gefahr einer Dehydrierung unseres vierbeinigen Freundes minimiert. Ingeburg, einst hier Filialleiterin, betreibt mit ihrem dänischen Mann Arne in den Räumen jetzt eine Shisha-Bar.

Das Geschäft lief zunächst etwas schleppend, doch seit der Coffeeshop nebenan freies WLAN hat, erfreut sich Ingeburgs Filterkaffee für einen Euro fünfzig großer Beliebtheit. Die Wand ist dünn und Arne froh, dass nebenan ein Barista arbeitet und keine Domina.

Ingeburg wird übrigens immer ganz rot, wenn Arne sie "meine Schleckerfrau" nennt und ich möchte mich dazu um diese Uhrzeit nicht weiter äußern.

Bruno schlendert entspannt zu seinem Schlafplatz, einem ausgedienten Fahrradanhänger in Hans-Jürgens Werkstatt. Die Drahteselherde wirkt ruhig und zufrieden, kein Raubzeug würde sich heute Nacht an sie herantrauen.

Zweiraddiebe entgehen ja mitunter durchaus ihrer gerechten Strafe, nicht aber, wenn hinten am Veloziped ein jäh aufgeweckter und infolgedessen äußerst ungehaltener Schäferhund angekoppelt ist, wie vor einigen Wochen ein Angehöriger dieser Zunft schmerzhaft hatte feststellen müssen.

Die Fußgängerzone liegt verlassen. Spitze Schreie dringen aus der Spielhalle. Entweder wurde Kassiererin Ilse mal wieder überfallen oder Blockwartrüde Bruno hat vor dem Eingang groß koalitioniert.

Es sind halt nicht alle Zocker, die was an den Hacken haben, dort gern gesehen.

Mein Verdacht erhärtet sich, als ich Gesprächsfetzen aufschnappe, in denen "der schöne blaue Teppich" und "dieser verdammte Scheißköter" eine Rolle spielen.

Nicht dass man bei Bruno dahinter System vermuten könnte, aber angeblich erwägt die Bundeszentrale für gesundheitliche Aufklärung mittlerweile, einen launigen Spot über die unappetitlichen Folgen der Spielsucht hier zu drehen.

Auch heute läuft das Geschäft in der Spielhalle eher schleppend. Jemand hat vor der Tür in weiß den Umriss einer menschlichen Gestalt auf das Pflaster gemalt. Kassiererin Ilse kauft mürrisch im 1-Euro-Laden nebenan einen Mopp. Da gibt es übrigens gerade Schulkreide. Im 5er-Pack.

Ist aber irgend so ein billiger China-Scheiß. Bricht ganz leicht durch, wenn man nur ein bisschen zu stark aufdrückt. Also, äh, hab ich gehört.

Letztens sah sich Brunos Herrchen mit einer abstrusen Alimenteforderung konfrontiert. Sie kam von der Parfümeriebesitzerin Paulette, deren polygame Pudeldame Pauline unerwartet von acht entzückenden, wenn auch nicht ganz dem Rassestandard entsprechenden Welpen entbunden wurde.

Unter Verweis auf Brunos umfangreiche Dienstakte, in der er ausdrücklich als KASTRIERTER pensionierter Polizeihund geführt wird, konnte die Klage abgeschmettert werden. Muss wohl ein anderer Schäferhund in Brunos Revier gewildert haben. Auch wenn das schwer vorstellbar erscheint.

Wie Sie wissen, gibt es eineiige und zweieiige Zwillinge. Brunos Sternzeichen ist zwar Stier mit Aszendent Kauknochen, aber eineiig ist er auch irgendwie. Was außer ihm und einer hübschen jungen Tierärztin jedoch niemand weiß. Aber das ist eine andere und ziemlich lange Geschichte.